日本のどこかにあるかもしれない話を
想像して書きました。
楽しんでいただけたら幸いです。

在日本某處可能發生這樣的故事
——我如此想像著，寫下這部作品。
要是讀者能從中獲得樂趣就太好了。

Narise
Konohara

弒子村

コゴロシムラ

木原音瀨

KONOHARA NARISE

徐欣怡　譯

1

「這地方似乎有很多野豬像？」

聽見原田的疑問，走在最前頭的神主停下腳步，望向參道旁的野豬像，半晌才應了聲「是啊」。他的話聲非常沙啞，外表看起來是六十歲左右，感覺實際上更加衰老。

「這附近常有野豬出沒，據說以前村民會抓野豬來吃，或拿肉和脂肪去賣錢。大概就像是守護神一樣的存在。」

將經常殺害的野獸當成神明供奉嗎……？未免太矛盾了吧？仁科春樹暗暗嘀咕，同時對準野豬像按下快門。野豬像年代久遠，不僅多處破損，表面還零星散布著混雜白色的大塊綠色斑點。

「偶爾也會看到猴子或鹿。」

隨口閒聊一陣，神主已將兩人送至鳥居前方。儘管每次都會事先取得許可才去採訪，仍常有負責人擺臉色給他們看。在這一點上，這間神社的人員態度算是相當親切……因爲這裡是鄉下吧？

一踏出鳥居，迎面就是一道石階，與野豬像同樣嚴重風化斑駁。石階有三、四十公尺長，仁科與原田並肩慢慢步下階梯。

早上在岡山的工作結束後，兩人就搭電車來四國，再轉乘公車、計程車，終於抵達神社時都下午三點多了，等採訪完畢已過五點。六月的這段期間，太陽沒那麼早下山，四周天色依然明亮。

「這裡眞的是能量景點（power spot）嗎？」

仁科咕噥了一句。原田嘆口氣，回答「有這種說法」，伸手抹去額上的汗珠。他身高不及一百六十公分，臉蛋稚氣，今天的打扮又是T恤配短褲，看起來簡直像個小朋友。原田雖然已滿二十八歲，仍不時被誤認成高中生。

「只是我沒有靈異體質，不曉得是眞是假。」

「我也跟怪力亂神無緣。」

原田哈哈大笑。

「反正這裡是神社，不是什麼奇怪的地方，應該沒問題。」

爲了下個月發售的週刊《ＳＣＯＯＰ》的能量景點巡禮專欄，仁科以攝影師的身分，與寫手原田一同來到四國山上的「白古神社」。能量景點的相關文章，不僅女性雜誌常專題介紹，相關ＭＯＯＫ（註）也多到泛濫，讀者都要看膩了，不過還是有一小批死忠鐵粉。《ＳＣＯＯＰ》這本八卦雜誌的受眾是四十至五十歲之間的中年男性，不過由於搞笑藝人的漫畫料理專欄大受歡迎，也吸引不少女性支持者。計畫拉攏更多女性讀者的飛山總編輯，依據過時的資訊說出的一句「能量景點的題材很受女性歡迎吧」，景點介紹專欄於焉而生，由新銳寫手原田負責。

如果只是依循其他雜誌的路線，內容缺乏吸引力，原田便以「無人知曉」爲宗旨，開始介紹各地的能量景點。雖然採訪地點都靠網路上的評價及留言這種來歷不明的資訊決定，但讀者的迴響還算差強人意。

種植在白古神社的巨大杉樹是能量景點，是原田在網路上湊巧看到的消息。稍作搜尋後，發現白古神社和杉樹都確有其事，他便聯繫神社取得採訪許可。據說，神主曾表示：「我們神社是有一株巨大的杉樹，但我第一次聽到有人認爲那裡是能量景點。」

起初，仁科沒有參與這趟採訪。他原本的計畫是陪同青春偶像明星走遍景

註：性質介於書籍和雜誌之間的出版品，多以主題或內容，搭配大量圖片呈現。

點，拍攝完〈瀨戶內海小旅行〉這篇文稿需要的相片就直接回家，但原田開口拜託：「我要去採訪神社和溫泉，回程你能繞過來幫忙拍個照嗎？」

假如不是要拍偶像明星或藝人，鄉下地區的採訪會找攝影師同行，倒是滿少見的。畢竟有預算上的考量，通常都由寫手本人包辦攝影。不幸的是，原田的拍照品味實在慘不忍睹，拍攝溫泉需要的技巧難度又特別高，加上總編輯也同意了，仁科心想反正都要出遠門，便答應直接在神社會合。

有「祕湯」美譽的溫泉旅館，距離白古神社徒步約三十分鐘的路程，兩人決定走過去。順著長長的石階一級級往下走，回到稍早計程車停靠的那條單線道後，原田朝先前計程車上山的方向邁出步伐。

途中道路一分為二，原田往右轉，看起來是開挖山腰鑿出的一條路，十分狹窄。路面算是鋪了一層柏油，卻沒畫上白線。山壁設有防止落石滾下來的網子，山谷那一側則十分陡峭，而且沒有圍欄。要是一個不小心，就有可能直接摔落谷底，走起來令人心驚膽戰。仁科拍了幾張原田行走的背影、道路及低矮山谷的相片。

四下寂靜無比，唯一的聲響就是不知名鳥兒「霍—霍—」的啼叫聲。環顧周遭，只見淺青鬱綠的樹葉及褐色樹幹。兩人走了十五分鐘左右，別說路人，連輛車子都毫無蹤影。

「這裡有夠偏僻……」

「眞的。」一直走在前頭的原田回頭應了聲，「神主剛才提過，這十年來，附近好幾個村子都廢村了。」

仁科想起坐計程車過來時，窗外的鄉間景色悄無人煙，透著一股淡淡的寂寥。許多屋子貌似年久失修，棄置了很長一段時間。鄉下缺乏工作機會，加上交通不方便，就會落得這種結局吧？連外行人都猜得到。

「這裡都沒人，那間神社卻感覺相當有錢。」

神社主殿又舊又小，旁邊的平房卻又大又新。神主一開始帶我們到平房裡的休息室，桌子、茶壺等器具看上去都頗爲高級，若是老字號旅館就另當別論，但這實在是不像鄉下神社的規格。

「我剛剛也注意到這件事。居民都沒了，神社怎麼還活得下去？我猜想可能有其他收入來源，詢問了一下神主，他說這裡雖然人煙稀少，過年期間仍有不少參拜者，也有出身此地的知名人士會定期捐款。」

「哦，知名人士？是演員，還是偶像明星嗎？」

你怎麼會在這種時候提到偶像明星？遭到嘲笑後，仁科隨即閉上嘴。

「從他的話聽起來，應該是政治家……不對，公務員吧？」

若是政治家或許還聽過，但若只是政府機構裡的公務員，知道的機率就很低，那屬於飛山總編的領域了。他年輕時是報社裡專跑社會新聞的記者，拚命追查多起像是執政黨與藥廠勾結之類不能見光的案子，承受很大的壓力，不僅稿子被撤，甚至連性命都遭受威脅……即使聽過這種傳聞，看他現下成天賴在總編座位上，宛如一隻虛弱章魚的頹廢模樣，仁科根本想像不出他過去有如此賭命拚搏的衝勁。

「來到這麼深山的地方，我越來越期待溫泉旅館了。」

啪！原田伸手拍了一下腰。

「那家旅館由一對年過八旬的老夫婦經營，只能打電話預約，網路上幾乎找不到照片，而且據說建築十分破舊，食物又難吃，唯一可取的只有溫泉品質很好，對吧？」

原田是兼顧興趣和實用的重度溫泉愛好者，無論是連更衣室也沒有的深山祕湯，還是需要小心有毒氣體、危險性高的露天溫泉，他都會喜不自勝地前往。在他心裡，這趟採訪眞正的主角肯定也是溫泉。大概是注意到仁科的反應平淡，原田的話聲沉了下來：「仁科，你不太喜歡溫泉吧？」

「喜歡啊，沒你那麼愛就是了。」

兩人走在樹蔭底下，躲開了陽光，卻避不過梅雨。一連下了好幾天的雨，空氣格外濕黏悶熱，兩人都滿身大汗、口乾舌燥，但離開神社後，沿途一台自動販賣機都沒有。

「你都不跟女友去泡溫泉嗎？」

「還眞的沒去過，而且我現在單身。」

「啥？」原田驚呼一聲。

「你又分手啦？」

要你多管閒事——仁科將這句話呑回肚子。

「你快四十歲了吧？不打算結婚嗎？」

仁科暗想這傢伙眞囉嗦，笑著用「總有一天會結婚」帶過。

「仁科，你長得這麼帥，應該是太挑了吧？」

仁科眞的不想繼續聊感情的事，於是直接轉移話題：「還沒到溫泉嗎？」

「我們走了快三十分鐘吧？」

「對耶。」

原田掏出手機，盯著螢幕半晌，忽然嘖了一聲：「沒訊號。」

「大概是因爲在山裡，訊號太差了。」

他咕噥著把手機收回背包裡。

「往前走一小段應該會有一座橋，過橋再五分鐘左右就到了。」

兩人聊沒多久，視野豁然開朗，右邊出現涓涓小溪和一座橋。橋身約十公尺，寬度約三公尺，連會車都有困難。過橋後，兩人繼續沿著馬路往山裡走去。

越往深山走，道路的狀況越不對勁。柏油路面早已消失，只有車輪壓過的地方勉強能看見泥土的顏色，其餘之處全覆滿茂密的雜草。山壁上的樹木又常凸出，道路更顯得狹窄，另一側連柵欄都沒有，就是一道徑直通往河流的長長斜坡。

再加上這是徐緩的爬坡路段，兩人氣喘如牛。仁科在心裡哀號著「還沒到嗎？還沒到嗎？」，又走了約十分鐘，卻還是沒看到任何類似溫泉旅館的建築物。

「這裡眞的超級像深山祕境的。」

原田毫不遲疑地朝山裡大步前進。

「眞的沒走錯路嗎？」

「不用擔心，那家旅館的網站介紹中，也提到半途會遇上獸徑。」

原田自信滿滿地應道。仁科瞄了一眼手表，離開白古神社已是四十分鐘前的事。兩人又走了十分鐘，只見路徑一分爲二，一條順著河邊延伸，一條通往山中，原田停下腳步。

「欸，要走哪一條？」

原田掏出手機，喃喃叨念「應該是這條路沒錯啊」，焦躁地滑著螢幕。仁科也拿出手機想打開地圖，可惜電信公司和原田是同一家，沒有訊號。四周的天色忽然暗下來，太陽下山了嗎？抬頭一望，發現天空不知何時滿布烏雲，恐怕快下雨了，仁科趕忙將相機收進背包，再蓋上防水布。

「要往回走嗎？」

「咦?啊……可是,應該快到了。」

「你原本說從神社過去只要半小時,我們已走了快一小時。這條路沒有很陡,花這麼多時間不太對勁吧?」

「呃……可是……」原田搔了搔後腦,「我覺得應該是這條路沒錯。我往右邊去看一下有沒有旅館。仁科,你在這裡等我。」

「好吧……」

仁科舉起右手揮了揮,便在山壁旁坐下。原田留下背包,只帶手機就往右邊那條頂多容一輛小客車通過的狹窄小路走去。他的背影很快就消失在仁科的眼前。

萬一眞的迷路了,該往回走到哪裡?不對,不要淨往壞處想。搞不好這條路前面眞的就是溫泉旅館,我不過是杞人憂天——仁科試圖鼓勵自己,天色卻變得更加昏暗,周遭傳來「啪啦、啪啦」敲打葉子的聲響。下雨了。儘管背包覆上防水布,但相機這種謀生工具很怕濕氣,仁科不想眼睜睜看著背包濡濕,於是往回走了約十公尺,躲到一棵枝葉茂密到掩蓋路面的樹木底下。

原本稀稀落落的雨勢,霎時轉爲傾盆大雨。在水珠強勁地擊打下,泥土散發鮮明而強烈的氣息。雨絲穿過樹葉縫隙落下，溼透的T恤緊緊黏住後背，早已分不清是汗水還是雨水造成的。放眼望去全是鬱鬱蔥蔥的草木，深深淺淺的綠意在視野裡無止境延伸……柬埔寨的回憶頓時湧現腦海。

這幾年是因爲老友轟擔任副總編，仁科才會和《SCOOP》簽約固定合作，以前身爲自由攝影師，只要有工作，哪裡都去。距今約莫三年前，仁科曾作爲攝影師隨行去採訪在柬埔寨拆地雷的非營利組織活動，抵達當地後，天氣悶熱到簡直令人難以呼吸，泥土氣息充斥鼻腔……由於地雷失去單腳，甚至是雙腿的孩子和大人多到數不清。

「我說你呀，該不會是對殘缺人士情有獨鍾吧？」

去年分手的前女友說過的話在耳邊迴盪。我一直避免去想這件事，但她的聲音不受控制地在腦中響起。

她長得漂亮，身材高䠷，擁有人人稱羨的外表，內心卻似乎缺少一塊什麼，老愛講閒話。儘管如此，我依然持續跟她交往，理由是身體很契合，而且做愛時她也沒空講壞話。

有一次我們用餐後去了酒吧，喝到微醺時，我不經意提起柬埔寨的經歷。

我心裡很清楚女友對這種話題不感興趣，平常幾乎不會跟她談工作上的事。

當我聊到在柬埔寨遇見一個聰明美麗卻失去右腳的少女，「我覺得……」她偏要在這種討人厭的時機插嘴，手肘撐在吧檯上，指尖捏起長髮的髮梢，拋出一句「你對殘缺人士情有獨鍾」的震撼發言。

「還有上次，好像是國外的田徑選手？你提過一個只有一條腿的女生很漂亮吧？搞不好你只是受她們悲慘的境遇吸引。」

不曉得當時我究竟是怎樣的表情。我不曉得……但她接著說「咦，我猜對了？你這樣不是太糟糕了嗎？」，兀自笑了起來。

後來我很快就跟她分手，雖然幾乎想不起那張隨處可見的漂亮臉孔，她拋出的那句評價，卻如口香糖般牢牢黏在我的腦中。

雨毫無停歇的跡象，草叢間積出一窪窪小水塘。原田還沒回來。天色越來越暗，漸漸看不清附近的景物。仁科掏出手機，想確認目前所在的位置，再度嘗試連接網路，可是依舊沒有訊號。

雨幕中，啪嚓啪嚓地一道鮮活的腳步聲回來了。一看見原田在兩人剛剛決定分頭行動的路口停下腳步，仁科便揚聲呼喊「喂，這裡」。原田跑進樹下時，渾身都濕透了。印象中是前天，仁科在公園裡發現一隻全身溼答答、可憐兮兮的貓，原田此刻的身影和腦中的畫面奇妙地重疊。

「右邊是死路，我回頭改走左邊，有一戶人家說聽過那家溫泉旅館，但不是在這裡……」

仁科原本就懷疑兩人走錯路，並不特別失望，只是腦中閃過「啊，果然是這樣」的念頭，便平靜地說「往回走吧」，站起身。

「對不起。」

原田垂下肩膀，神情十分沮喪。

「我們要想辦法在徹底天黑以前，回到比較大的路上。」

「你說的對，但這裡攔得到計程車嗎？」害兩人陷入窘境的元凶，吐出不吉利的預言：「我們剛才走來的路上，一輛車都沒看到吧？」

仁科終於忍不住動怒，大吼：「那你是要在這裡過一夜嗎？」原田拚命搖頭，說「抱歉，走吧」，又垂下頭。

原田從背包拿出雨傘撐開後，驚呼一聲：

「啊，有訊號了，搞不好能打電話叫計程車。」

原田左手拿手機，右手撐傘，朝山壁的反方向奔去。

「欸，你看路……」

幾乎就在仁科出聲提醒的瞬間，原田的身體猛然一晃，「哇啊」發出大叫，在一陣「沙沙沙」的聲響中，連人帶傘消失了蹤跡。仁科扔下相機包，跑出樹下。前方是一大片斜坡，終點是暗暗發亮的河流。只見下面約五公尺遠的位置，原田仰躺在地上，雨傘不停滾落，「咚」地掉進河裡，轉眼就被河水沖走，消失在視線範圍之外。

「喂，你沒事吧！」

「沒、沒事……還行……」

聽到原田的回話，仁科不禁鬆了一口氣。

「你走得上來嗎？」

「應該可以。」

仁科以爲原田會立刻走上來，沒想到他卻翻過身子，開始在斜坡上爬行。

「喂，你受傷了嗎？」

原田趴著再次沙沙沙地往下滑動。糟糕，他該不會跟那把雨傘一樣，掉進河裡吧？仁科背脊發涼。幸好原田撞到倒在下方三公尺的一棵樹，勉強止住下滑的勁道。

仁科想去救他，但萬一不小心兩人一起滑下去就完蛋了。附近會有繩子或其他可以抓住的東西嗎？仁科環顧四周找尋可用之物時，原田已拉著細瘦的樹木爬上來，好在斜坡不算太陡。

原田的手攀到路面上後，仁科便抓住他的胳臂，一把將他拉上來。這位莽撞的先生渾身沾滿泥巴，趴在地上大口喘著氣。原田想站起，但才半蹲就皺著臉哀號「好痛」，直直向後倒。仁科怕他再度摔落，慌忙衝過去抓住他的腿。

「你、你在搞什麼啦！」

「對不起……」

原田站不起來，雙手雙腳並用才爬到仁科方才躲雨的樹下。

「你受傷了嗎？」

導致兩人落入如此悽慘境況的罪魁禍首依然趴著不動，吐出此刻最糟糕的事實「我右踝超痛的」。

「我摔下去時，手機不曉得掉到哪裡，找著找著不小心又往下滑，腳好像撞到東西扭傷了……」

天色暗了，天氣惡劣，現在又出現傷患，就算走回原本那條路，手機如果收不到訊號，也叫不到計程車。如果能回到神社或許還有辦法，不過要攙扶原田走過去，至少得花一個多小時。

「轟隆隆！」天空傳來巨響，一道亮晃晃的閃電劃過天際。雨勢彷彿在嘲笑落難的兩人般逐漸加劇。萬一走回大路前天色完全變黑，那就麻煩了。沒有路燈的地方根本寸步難行，實在太危險。在山裡迷路時，每多猶豫一分鐘，情況就惡劣一分。

「露宿野外」這個選項浮上仁科的心頭。如果躲在樹下，勉強能遮風避雨，畢竟不是冬天，應該不至於凍死。不過，萬一雨勢再變大，從水平方向瘋狂砸過來，身體濕透人就會失溫……

「那個……左邊那條路有一戶人家，就是我去問溫泉在哪裡的那一家，有一位老婆婆……不曉得能不能請她讓我們躲個雨……」

一絲猶豫也沒有，仁科將相機包甩上肩站起身，再扶原田起來。由於仁科個子比較高，跟原田的步伐搭不上，走起路絆手絆腳。原田又一副搖晃不穩的模樣，仁科只好伸手從他後背繞過去，抓住他腰際的褲頭往上提著走。大雨滂沱，兩人根本看不清前方，全身像穿著衣服跳進游泳池濕得徹底。

終於走到岔路口，轉進左邊那條路。這個方向遠離河邊，不用擔心踏錯一步就會摔進河裡，只是四周越來越暗，萬一待會黑到伸手不見五指，恐怕真的會被困在此處。幸好，就在仁科做好即將失去視野的心理準備之際，那東西忽然出現在眼前。

是圍牆。邊長約五十公分的方形……彷彿直接切割下來的粗獷石塊，堆疊至約一點五公尺高，上方則是一公尺左右的白牆。牆裡栽種的樹木，枝葉恣意伸展至牆外。

那道圍牆大概有三十……四十公尺長，直直往另一頭延伸，簡直就像一座城堡，一個要塞。牆太高了，看不見裡面有什麼建築物。儘管鄉下地廣人稀，那道圍牆也太高大了，給人一種強烈的壓迫感。

「你剛剛說去問路，就是這戶人家？」

原田點頭表示「沒錯」。

「該不會是寺廟吧？」

「不曉得，我只在大門口講了幾句話，沒看到裡面的景象……」

兩人沿著圍牆走，發現一扇對開的木門，使用的也是粗壯木材，感覺十分厚重。仁科找了下門邊哪裡有對講機，卻連個影子也沒看到。木門上方有一片長長的屋簷，正好能擋雨。仁科扶著神情疲憊的原田在屋簷下坐好，伸手敲了下木門。

「不好意思，請問有人在家嗎——？」

怕雨聲太吵對方聽不見，仁科拉高嗓音大喊。事到如今，萬一屋內的人沒發現或故意無視他們，也沒辦法另覓他處了。就算想回去原來的地方，漆黑的四周已宣告野外探險遊戲到此結束。連坐在木門前的原田神情，都漸漸看不清楚了。

頭頂上樹葉沙沙作響，從木門旁、圍牆內側伸出的樹枝黑壓壓一片，輪廓隱約可辨的葉子上下劇烈搖晃著。那不是風吹動的。難道是有什麼小動物嗎？四周實在太暗，看不清楚。仁科凝神細看，霎時眼底映出肌膚的顏色……那是一隻人類的手！仁科嚇得心慌不已。下一刻，枝葉再次沙沙地劇烈搖擺，沒多久卻又靜下來，順著風勢輕柔搖曳。

「怎麼了？」

方才一直盯著地上的原田，抬頭望向仁科。

「啊，沒什麼，那棵樹剛剛一直晃，我好像看見一隻手……」

原田渾身一震，埋怨「你不要講那麼恐怖的話」，又抱著雙肩說「不可能有人爬得上去」。

沒錯，樹枝很細，連身輕如燕的小朋友可能也難以爬上去。

「應該是猴子或小動物吧？神主不是提過？」

確實，這裡位處深山，出現一、兩隻猴子也不足爲奇。仁科恢復冷靜，再次咚咚敲響木門。

「不好意思，不好意思——」

無人應門，仁科更加心慌意亂。狂放肆虐的風雨毫不留情地奪去兩人的體溫，陣陣寒意侵襲身體，背靠門坐著的原田不住發抖。

若只有自己也就罷了，再拖下去，原田的情況恐怕不妙。仁科甚至想過乾脆爬上石牆闖進去，但要是做了這種事，對方百分之百會報警……不對，如果對方報警，兩人遭到逮捕、被塞進警車，就可以躲雨了，安全存活下來的機率反倒比較高吧？

眞要硬闖，最好趁現在，時間還不算太晚。儘管是非法入侵，但對方是熱情純樸的鄉下人，只要好好解釋，說不定會體諒兩人的苦衷。剩下的就看仁科何時能下定決心展開行動。

「……哪位？」

差點要犯罪的那一刻，木門另一頭響起粗啞的話聲。仁科反射性地緊緊貼在門板上。

「您、您好……我是下午來問路的那個人的朋友，我們原本想去溫泉旅館，但他扭到腳不太能走，又耽擱到時間，現下天色暗了不適合在山裡移動。眞的很不好意思，可以借個地方讓我們避雨嗎？」

木門內側沒有任何回應。

「我們絕對不是壞人，是雜誌社的員工，今天是來採訪附近的神社和溫泉。如果您擔心，不敢讓我們進屋，可以幫我們打電話叫計程車嗎？這一帶手機收不到訊號，我們沒辦法叫車，如果是家用電話應該沒問題……」

仁科怕對方認爲自己形跡可疑，趕緊打開相機包，伸手尋找名片夾，掏出最後一張名片。此刻一顆斗大的雨滴不巧落在印著姓名的地方，仁科慌張地以指尖拭去，從木門縫隙塞進去。

「我姓仁科，是隨同採訪的攝影師。」

名片咻地滑進門內，仁科用力嚥下口水，等待對方的回覆。沉默持續了好長一段時間，後背因焦灼而繃緊，仁科耐不住性子再度開口「不好意思……」。

「如果不相信我也沒關係，但能不能至少讓扭到腳的那位朋友在溫暖的地方避雨呢？」

對方還在門後嗎？該不會早就走了？連這一點都無從得知，仁科緊張地直呑口水，雙眼緊盯著那扇木門。忽然，門後傳來一句「請等一下」。

「啊，是！」

終於有回應了。仁科鬆一口氣，不由自主地坐下。身旁的原田詢問「沒問題嗎」。

「我也不曉得，但對方總不會見死不救吧？」

儘管仁科如此回答，可是十五分鐘後，情況沒有絲毫改變，兩人依然只能等待。難道對方眞的要丟下我們不管？內心的不安開始躁動時，傳出一道微弱的詢問聲「還在嗎」。

「啊，在！」

仁科激動到破音。

「我借你電話。」

這就夠了。仁科朝木門鞠躬喊「謝謝」。喀擦！金屬聲響起，單側木門在一陣唧唧聲中打開，探出一張臉。是個嬌小的老婆婆。她撐著一把大黑傘，看不太清楚容貌，另一手中的手電筒對準兩人，光線刺得兩人眼睛都睜不開了。

「這麼晚了還打擾您，實在很抱歉。」

仁科致歉。老婆婆側身說「進來」後，仁科便撐起傷患原田，推開木門。原田也說著「不好意思，我又來了」，但老婆婆並未回話。

堅固圍牆的內側，好幾棵枝葉茂密的大樹並排著，庭院十分寬闊。老婆婆朝玄關燈光昏暗的平房走去，緩緩步上黑色石階。天色太暗了看不清楚，但平房後面有一座較高的建築物，可能是倉庫。

老婆婆打開玄關的拉門，率先踏入後，示意「進來吧」。仁科先恭謹說聲「打擾了」，才跨過門檻。玄關相當寬敞，約有兩張榻榻米大。由於兩人是落湯雞的狀態，不適合直接踩進別人家裡，只好待在玄關。原田背靠著牆，慢慢坐在地上。

老婆婆進屋後，馬上拿著兩條薄毛巾出來，遞給兩人。

「謝、謝謝。」

此刻，仁科才第一次看清老婆婆的長相。她的年紀約介於七十五到八十歲之間，瘦骨嶙峋，眼眶下方發黑。就算要說客套話，也沒辦法稱讚老婆婆皮膚白皙，加上氣色頗差，實在令人擔憂。從鮮豔花紋襯衫袖口伸出的手臂，宛如雞骨頭，還滿布無數顆疣……臉上也長著好幾顆顯眼的大疣。

老婆婆將黑色電話拿到玄關，後面拖著一條長長的電話線。恐怕已有二十年沒看過這種電話，直到昨天為止，仁科都沒想過居然有一天會為這種昔日古董深深慶幸自己得救了。

仁科掏出手機搜尋計程車的電話號碼，又不禁苦笑。這裡沒有訊號，所以才需要借家用電話。

「婆婆，不好意思，一直麻煩您，可以告訴我們計程車行的電話號碼嗎？」

老婆婆走進隔壁房間，拿著一本電話簿回來，遞給仁科。那本電話簿很薄，應該是當地發的地區性資訊。仁科翻開後，發現有兩家計程車行，其中一家正是兩人白天從公車站搭乘到神社的那家，於是毫不遲疑地撥打車行的號碼。

當電話另一頭的中年男子，用令人懷疑他生活步調遠較一般人緩慢、每個字間隔都拖得很長的聲音說「我現在就可以過去」時，仁科終於放下心中大石，感到全身虛脫無力。

「要去哪裡載你們？」

仁科不曉得這裡的住址，朝端正跪坐在走廊上、正望過來的老婆婆詢問：「方便告訴我這邊的住址嗎？計程車司機願意來載我們。」

「小谷西村。」

老婆婆面無表情地回答。仁科暗暗疑惑「沒有門牌號碼找得到嗎」，但依舊報上「小谷西村」，電話另一頭的中年男子聽見，話聲頓時沉了些。

「弒子村啊……」

「咦？」仁科不禁反問，對方只說「是山王家吧？那裡只有一戶人家，我大概三十分鐘後到」，便逕自掛上電話。仁科告訴老婆婆「司機說大概三十分鐘後到」。

老婆婆發出「嘿唷」一聲站起，表示「你們就待在這裡等計程車來」，吐出長長一口氣。

「眞的很感謝您。」

終於有辦法回去了。雖然似乎不怎麼受歡迎，但光是老婆婆願意讓兩人進門，已是大恩大德，感激不盡。老婆婆回房間後，仁科在原田身旁，也就是玄關，坐了下來，再次檢查相機包。雖然覆上防水布，包包還是濡濕了，幸好沒波及到內側，生財工具平安無恙。

「眞不好意思，都怪我走錯路……」

原田開口道歉。儘管仁科內心埋怨「沒錯，都要怪你」，但如今責備原田也於事無補，更何況往後可能還有機會合作，因此只淡淡糗他一句「下次就饒了我吧」。不過，沒想到明明在日本境內，眼前也有路可走，僅是深山中手機沒訊號這個問題，就搞得雞飛狗跳。這次，仁科眞是深切體會到了。

原田似乎是累了，沒再開口。等待計程車的空檔，仁科隨意環顧玄關。老婆婆剛剛穿的小號茶色拖鞋，同樣尺寸的灰色鞋子……大鞋櫃下面的那雙看起來是男用黑色拖鞋，尺寸對老婆婆來說太大了。

喀噠！仁科聞聲回過頭，只見老婆婆從玄關右側的房間走出來，將擺著茶杯的托盤放在玄關。雖然兩人剛才用毛巾擦過身體，但衣服沒那麼容易乾，這種時候能喝一杯溫暖身軀的熱茶，實在令人感激。儘管是不請自來的不速之客，老婆婆還是十分替兩人著想。

老婆婆端茶出來後，一直坐在走廊正中間，彷彿在等兩人喝完。仁科急忙一口喝光，原田卻似乎想靠那杯茶取暖，雙手包裹著茶杯，老是不喝掉，又不好催促「老婆婆在等，你喝快點」。

「這個家好寬敞、好氣派。」

爲了緩和尷尬的氣氛，仁科主動向老婆婆搭話，並未期待能得到回應。沒想到，老婆婆卻說「是啊」。

「這裡住了多少人呢？」

老婆婆頓了一會，才回答「一個人」。

「一直都是一個人。」

她像是在強調，又重複一次。鞋櫃下方那雙大尺寸的拖鞋，是偶爾來玩的孩子或孫子的嗎？

「屋子和庭院這麼大，打掃起來很累吧？」

「還好。」老婆婆應聲，「打掃是我分內的工作，而且這不是我家。」

老婆婆的回答令人詫異。

「我只是受雇住在這裡、維護這個家。其實屋主曾叮嚀我，如果沒有他的允許，不准讓任何人進來屋內，今天是特殊情況。」

老婆婆一開始的態度那麼冷淡，原來背後有這層緣由，那就能夠釋懷了。於是，仁科致歉：「眞的非常、非常不好意思。」原田總算喝完茶，不過他將茶杯放回托盤後，老婆婆依然像擺飾般定定坐在原地，一動也不動。如果嫌兩人煩，應該會立刻走開才對……這座村子都是些廢棄空屋，沒人居住。深山中孤零零的一戶人家，她或許是想找人講講話。

「一個人待在這麼大的屋子裡，不會寂寞嗎？」

「不會，有很多事要忙。」

老婆婆大大吐出一口氣。她年紀大了，打理一個家對體力應該是沉重的負荷吧？

「我們今天是來採訪附近的白古神社，聽說那裡是能……」

講「能量景點」，那個年代的人大概聽不懂，仁科連忙改口「聽說很靈驗」。在地話題似乎正合老婆婆的胃口，原本瞇成一條線的雙眼略微睜大了些。

「哦，這樣啊。」

「那間神社有很多野豬像。」

沒錯，老婆婆點點頭。

「當地人都稱爲『野豬神社』，以前這一帶有許多獵戶捕捉野獸，現在都沒有了。」

「是因爲那些獵人年紀大了嗎？」

老婆婆的年紀也相當大了，仁科擔心這個問題會冒犯到她，不過她的神情沒有絲毫變化，看來並不介意。

「年輕人全逃出去了。」

逃出去？不是搬出去？仁科不禁疑惑。

「這座村子受到詛咒。」

她的語調像是在說「我要吃飯」、「我要睡覺」一樣平淡。這位身材嬌小的老婆婆忽然給人一種詭譎的感覺。世上才沒有詛咒這種東西，她怎能一臉認眞地說出這句話？仁科對靈異現象和恐怖片之類興趣缺缺。

「您爲什麼會認爲村子受到詛咒呢？」

原田疲憊地垂著頭癱坐在地上，忽然被老婆婆的話勾起好奇心。起先仁科不明白他爲何會追問這一點，隨即想到原田本來就是好奇心旺盛、喜歡奇聞異事的傢伙。

「以前瘟疫大流行時，有位偉大的和尚到山上建了一座祠堂。那座祠堂在四十年前因山崩毀損，不出三天，附近的巨杉就枯萎了。大家都在說，這太奇怪了，該不會是要發生什麼災禍？不出所料，老老少少相繼生病，頓時人心惶惶，流言四起。由於流傳著祠堂毀損，壞東西跑出來作祟的說法，不少人離開村子。儘管留下的村民重建祠堂，他們再也沒回來。」

老婆婆剛才提到詛咒時，仁科以爲會是一個互相殘殺、充滿怨恨的駭人故事，豈料根本一點都不恐怖。與其說一切是詛咒造成的，不如說村民八成是以此為藉口搬離鄉下。

尖銳的電話鈴聲倏然響起，時間點太巧，明明故事沒多驚悚，仁科卻嚇得渾身一震。老婆婆緩緩起身，走進右側房間。拉門並未完全關上，老婆婆的音量又很大，頻頻傳來「是」、「是」、「明白」之類的應和聲。

高分貝的應答聲停歇，大概是通話結束了。沒多久，老婆婆再次出現在走廊上，看著仁科開口：

「欸，計程車來不了。」

「咦，為什麼？」

「山崩導致道路無法通行。這一帶經常發生山崩。」

這樣說來，山壁那一側的路上，到處都架著防止落石的網子。

「這裡只有一條路，雨停後應該很快就會通車。沒辦法，你們今晚住下吧。」

在這種情況下，就算老婆婆將兩人趕出門，仁科也不會有怨言，因此她的主動提議令人萬分感激，只是……

「這樣沒關係嗎？」

仁科戰戰兢兢地詢問。畢竟老婆婆只是「負責管理此處」的人。

「有關係，但沒辦法。」

「謝、謝謝您。」

「不好意思，麻煩您了」，原田也低頭道謝。兩人的地位忽然從只是來躲雨的路人，升等爲客人。老婆婆催促兩人去洗澡。仁科和原田脫下濕透的鞋子，踏進屋內，跟隨老婆婆到長廊盡頭的浴室。由於空間狹小，仁科讓冷到發抖的原田先洗。

泡在熱水中暖和身子，換上老婆婆準備的浴衣後，兩人被領到玄關進門左手邊的房間，裡頭鋪著榻榻米，約莫五坪大小。不僅床已鋪好，矮桌上還擺著飯糰和味噌湯當簡單的晚餐，而且飯糰美味到令人感動。

老婆婆解釋，「棉被和床墊都很久沒用了，平常也沒拿出來曬，可能會有一點霉味」。然而，一想到原本得在大雨中露宿野外，現下不光有乾淨的衣服穿，還有棉被蓋，兩人早已心滿意足。仁科想起自己方才還認爲她是相信詛咒的詭異老婆婆，不禁悄聲在心中說「對不起」。

老婆婆交代，除了睡覺的房間及廁所外，不要隨意踏進其他地方，如果有什麼狀況，她住在對面的房間，直接去找她就好。仁科用力點頭，應道「沒問題」。

從寒冷驟雨的酷刑中解脫，仁科坐在床鋪上，恍惚地仰望木造天花板。此時剛過晚上九點，手機依然沒有訊號，也沒電視看，無事可做。在被窩中翻來覆去，仁科的目光忽然落在整齊擺放矮桌上的那些鏡頭。相機包淋濕了需要晾乾，只好先把鏡頭拿出來，暫放桌上。原本仁科動念想拍幾張房間的照片，不過考慮到老婆婆恐怕是瞞著屋主偷偷讓兩人借住，即使沒打算上傳網路，還是別拍比較好。

這種時候就該趕緊睡覺，但仁科向來沒那麼早睡，平常在家總是午夜過後才就寢，儘管現在很累，卻一絲睡意都沒有。

旁邊的被窩裡，原田正在用平板電腦打字。這裡連不上網路，他大概是在寫神社那篇報導。不如來看一下今天的拍照成果，仁科剛爬起身，原田便一臉認眞地問：「你覺得今天沒去成的那家溫泉旅館，會不會扣我們錢？」

「旅館又沒錯，就付錢吧。」

聽到仁科合情合理的答覆，原田垂下頭，回一句「也對」。

「我想打電話去取消，可是……」

這樣又得跟老婆婆借電話。當然，如果能聯繫溫泉旅館是最好，不過現在時間太晚了。事到如今，結果已成定局，只是早點打或晚點打的差別而已。

「明天一到有訊號的地方就打電話吧。」

原田「嗯」了一聲，嘆口氣，指尖咚咚敲起平板電腦。

「對了，老婆婆不是提到詛咒嗎？那故事你不覺得在哪裡聽過嗎？還是鄉下都會有類似的傳說？」

「或許吧。」

不曉得是不是剛剛沒事可做猛灌茶的緣故，仁科突然想上廁所。踏出房門，仁科前往長廊盡頭浴室裡的那間廁所。入口是一扇拉門，裡頭空間約兩張榻榻米大，還算寬敞。男用小便斗就在一進門的正對面，蹲式馬桶則在左手邊，門板的另一側。看似沒有沖水功能，仔細一瞧，果然只是個蹲坑。

如果只有仁科和原田倒無所謂，可是顧慮到老婆婆，鎖上門比較妥當。以鉤子勾住金屬環的舊式門鎖，引發一股懷舊之情，仁科不禁心想「以前去東南亞時，在廁所裡看過這種鎖」。

大概是蹲坑害的，空間裡飄盪著一股糞便的臭味，令人作嘔。小便斗下方有一個小窗戶，不曉得是出於何種目的裝設，充滿古早年代的風情。

喀擦！背後有聲響。拉門不住晃動，門鎖嘎嘎作響。

「不好意思，有人，我馬上就好。」

仁科一出聲，拉門頓時安靜下來。

盡快上完廁所，仁科回到走廊，卻沒看見任何人影。如果來者是原田，至少會講句話，那應該是老婆婆吧。她決定先回房，稍晚再過來嗎？仁科走回房間時，恰巧碰上老婆婆從對面房間出來。

「剛剛眞不好意思。」

老婆婆猛然抬頭看著仁科。

「咦，什麼事？」

「啊，那個……婆婆，您剛剛去了廁所吧？」

「沒有。」

老婆婆微弓著背，彎過浴室前方的轉角，消失在仁科的視野中。回到房裡，只見原田依然埋頭滑著手機。

「你剛才有出房間嗎？」

「我一直待在這裡，怎麼了？」

原田牢牢盯著螢幕，捨不得抬眼。

「上廁所時，有人想開門，我以為是老婆婆，但問她又說不是。」

敘述事情經過時，仁科寒毛直豎。老婆婆獨自住在這棟屋子裡，如果不是她也不是原田，方才想開廁所門的究竟是誰？

「拜託你，不要開這種玩笑。」

原田總算願意看向仁科。

「你以為剛剛聊到詛咒，我就會害怕嗎？我才不會中招。」

……有人想打開廁所的拉門。門板晃動，發出喀噠喀噠的聲響，那絕非幻覺。仁科找不出答案，腦海頓時浮現「有鬼」這兩個大字。少蠢了，這才是最不可能的選項。果然原田的嫌疑最大，他是為了嚇我才惡作劇，還佯裝無辜吧？要是信以為眞，自亂手腳，就正中他的下懷。

仁科一言不發地鑽進被窩。這種感覺實在很討厭，心裡有層陰霾揮之不去，嚇唬人取樂實在太惡劣了。眞差勁。原田害我們在山裡迷路，差點露宿野外，我都沒怎麼怪他，沒想到他居然如此回報我。

……不對，等等，原田的右踝扭傷，得雙手雙腳並用才能移動，我上完廁所到開門，間隔的時間這麼短，他來得及趕回房間嗎？雖然爬快一點可能勉強趕得上，但剛剛走廊上並沒有什麼聲響。話說回來，他都受傷了，有必要這樣折磨自己嗎？

如果不是原田，只剩下老婆婆。即使老婆婆否認，但應該是她吧？其實老婆婆很喜歡惡作劇嗎？這種可能性也不高。

仔細推敲誰更可能「做這種事」的過程中，老婆婆的嫌疑逐漸加重，仁科對她的印象也越來越差。這個老婆婆未免太奇怪了，深山中罕無人煙，附近又沒有其他住家，她卻獨自住在別人的房屋。如果只是要管理，每天來上班就夠了，不是嗎？

深山裡的屋子。詭異的老婆婆。若這是三流恐怖電影，接下來的劇情發展就是老婆婆半夜會拿菜刀來攻擊我們。

菜刀……仁科不禁爲自身貧乏的想像力苦笑。不過，說到恐怖電影場景，眼前的情況倒是聚齊了一切條件。坍方造成山路不能通行，一幢與世隔絕的屋子，和外界唯一的聯繫管道是一台黑色的舊式電話。這種情況下，就算老婆婆眞的要對我們做什麼，也不會有人發現。

這麼一想，山崩導致計程車無法過來，也是老婆婆轉述的消息，我們並未直接和計程車行的人通話。眞的發生山崩了嗎？有一通電話打來是事實，但老婆婆接起的那通電話，眞的是計程車行的人打來的嗎？仁科內心的懷疑益發膨脹。

依老婆婆的說法，她只是負責管理這幢屋子，屋主另有其人，其實不太方便讓我們借住。在這樣的前提下，她會撒謊「計程車行的人打電話來」，強行將我們留在這裡嗎？

「兩位……」

驀地，拉門另一側傳來此刻盤據仁科大腦的老婆婆嗓音，被窩中的身軀猛然一震，下意識描繪出老婆婆渾身浴血、手持菜刀的畫面。萬一眞是如此，對方也只是老婆婆，我們有兩個人……總會有辦法……

「方便進去嗎？」

「請進～」

原田輕快地應聲。仁科爬出被窩，以防待會突然遭受攻擊。走進房裡的老婆婆，手中握的並非一把菜刀，而是一個小瓶子。

「腳痛的那位，我幫你塗藥。」

原田難為情地說著「咦？啊……謝謝，眞不好意思」，伸出雙腳。他白天穿的是短褲，膝蓋以下的部位滿是跌落斜坡留下的擦傷，看起來就很痛。老婆婆挖出瓶裡的白色軟膏，抹在原田的腳上。瓶身連藥名標籤都沒有。

「請問……那是什麼藥？」

在仁科的心中，老婆婆已成為一頭眞面目不明的怪物。他甚至陷入連自己都感到荒謬的妄想……那瓶藥該不會是劇毒？這個惴惴不安的男人，聽見老婆婆乾脆地回答「是野豬的脂肪」。

「對扭傷很有效。」

神社、野豬、討生活、脂肪……今天聽見的所有事，都有一條清楚的主軸貫穿。

「野豬的脂肪？這一帶的人尊崇野豬嗎？」

聽到原田的話，老婆婆疑惑地「啊？」了一聲。原田慌忙想解釋「那個、那個」，頻頻舔唇，換了個問法：「該說是非常積極推銷野豬嗎？」

「野豬全身上下都有用處，可換不少錢，但現在沒人在抓捕了。」

老婆婆拿面紙擦手，再蓋上瓶蓋。

「因爲常出入山裡，他們都被詛咒了。凡是獵戶家都壞消息頻傳，大家就一個個不幹了。」

「老婆婆，您剛剛說祠堂毀損、遭到詛咒，就是指這件事嗎？」

原田毫無顧忌地追問到底。

「沒錯，幸好我家以前是務農的……你們早點睡吧。」

老婆婆離開房間後，原田心無芥蒂地說「老婆婆雖然態度有點冷淡，人卻滿好的」，但一切在仁科眼裡全變了調。她爲什麼要勸我們早點睡呢？該不會設下什麼陷阱吧？……這些陰謀論在仁科的腦海盤繞不去。

各種思緒奔騰不休中，又想上廁所了，但仁科不敢一個人去。忍耐一陣，最後還是撐不住，只好走出房間。走廊上亮著三顆電燈泡，每一顆間隔都非常遠，角落接收不到光線，顯得極爲昏暗，令人毛骨悚然。

一旦進廁所後，老婆婆搞不好又會從外頭試圖打開拉門，雖然不確定是老婆婆，但萬一也不是原田，剩下的就是……

難道我是不願承認有鬼怪作祟，才想將責任都轉嫁到老婆婆身上？這問題先擺一旁，動作不快點就要尿出來了。

仁科踏進浴室的脫衣處，也就是廁所的前面。鏡子旁邊有一扇拉門，打開門鎖就能前往庭院。

雨勢依然磅礡，不過四周皆有延伸而出的屋簷，只要沿著牆壁走就不會淋濕。既然雨這麼大，應該能把我的尿液沖乾淨吧？相較於廁所那種封閉式空間，這裡一切盡收眼底，感覺安全多了。

套進戶外專用拖鞋，離開屋子。仁科可不希望老婆婆發現好意收留過夜的落難者，其實是個不知感恩圖報、會站在別人庭院小便的傢伙。浴室內的光線從脫衣處的拉門透出來，附近還算明亮，於是仁科選定沿著屋簷走五公尺左右的一處昏暗地點。

解放的聲音在傾盆大雨的掩蓋下幾不可聞，仁科一心想盡早結束，全身力氣都集中灌進下腹部，一尿完，鬆了口氣抬起頭……在脫衣處燈光隱隱約約的映照下，庭園深處……一棵樹下，有個白色物體映入眼底。毛巾被風吹到那裡去嗎？定睛一看，發覺那個物體呈現人形，一直露在外頭的命根子頓時縮了起來。

那白色物體赤裸著，背對仁科佇立在樹下。身材纖瘦，及腰長髮溼答答。淋成落湯雞的女人左右擺動身軀。仁科全身顫抖，怎麼也止不住。那是……什麼？

明明嚇得魂不附體，目光卻離不開。一個搖搖晃晃的裸女。不對勁。那個女人太詭異了。在傾盆大雨的夜晚，全裸站在庭園中，未免太超乎常理。她的身形、站姿……都跟一般人不同……光溜溜的，像一條魚。爲什麼……？對了，沒有！這肯定不是眞的，仁科再次定睛細看。果然沒有。沒有。那個女人，沒有手……沒有兩隻手臂。

「哈唷、哈唷。」

在滂沱雨聲中，傳來一道嗓音。是那個女人的聲音嗎？仁科驚疑不定地慢慢後退，雙腳抖個不停，想踏穩卻力不從心，一屁股撞上牆，發出「砰」一聲。對方霎時靜止，頭緩緩轉過來。

仁科倒抽一口氣，「哇啊」慘叫一聲，拔腿狂奔。他從脫衣處的拉門跑進屋內，一口氣奔過昏暗的長廊，衝進有安穩被窩的房間，卻只見兩套鋪好的棉被，應該在房內的原田不見人影。

「咦，不會吧……」

仁科一把掀起扁扁的被窩檢查，沒人。打開壁櫃一瞧，也只有飄出霉味的空洞。

「騙、騙人的吧，那傢伙跑去哪裡？」

仁科急得在房內繞圈圈，驀地拉門開了。不自覺地後退，仁科的腳絆到棉被，直挺挺往後倒下。

「你在搞什麼？」

原田從敞開的拉門，四肢著地爬了進來。

「你剛剛是不是在走廊上奔跑？這麼吵不太好吧？」

「你、你……剛剛去哪裡？」

原田露出「爲什麼要問這個？」的表情，回答「廁所」。

「我以爲你應該在那裡，卻沒看到人，後來才發現浴室那邊燈亮著。啊啊，原來你是這種人。」

仁科完全聽不懂他在說什麼。

「這種人……是指哪種人？」

「只要在廁所就沒辦法的人。我有朋友在廁所就射不出來，雖然出口是同一個，他仍堅持感覺不對。」

原田居然認爲他是在廁所自慰，仁科虛脫地趴倒在棉被上。

「仁科，這種情況下你還能正常發揮，眞是不得了。該稱讚你處之泰然嗎？」

……才沒這回事，我心臟怦怦直跳，都快蹦出來了。剛才在應該只有我們和老婆婆的這棟屋子的庭院裡，看見一個沒有雙臂的裸女。「哈唷、哈唷」聲仍迴盪在耳際，那是什麼聲音？

除了我們，屋子裡百分之百有「其他東西」存在。太恐怖了。我想立刻離開這裡。我想收拾行李馬上閃人。可是，外頭還在下雨，山路又坍方不能通行，哪裡也去不了。沒辦法逃走。要是據實以告，原田肯定會抱怨「你又想嚇唬我了」，不當一回事……仁科鑽進被窩躺下，拉高毛毯蓋住頭。

「我要睡了。」

「請便。」

「原田……不好意思，今天睡覺時可以開著燈嗎？」

啊？他發出抗議聲。

「有亮光我會睡不著。」

「今晚就好，拜託啦。」

仁科蜷縮在毛毯裡，輕輕嘆了口氣。冷靜點。不要緊，我不是獨自一人，原田也在這裡。只有一晚。就只有今晚。捱到天亮就沒事了。

……仁科什麼也不想去思考。不願放任思緒飛騰。明明很睏，精神卻異常亢奮，一絲睡意也沒有。一閉上雙眼，女人左右搖擺的背影和「哈唷、哈唷」聲就在腦海反覆播放，那畫面好似黏土不斷重新揉捏塑形，揮之不去。不知不覺間，意識漸漸模糊。

喀噠。仁科醒來時，才發現原來自己睡著了。吵醒仁科的，是一道細小的聲響。四周很暗，但不到全然漆黑的程度。房內的光源只剩一個小燈泡。睡前曾拜託原田務必開著燈，他卻關掉了。大概是仁科先睡著，他認爲燈亮或暗已無差別，又爲了證明「把仁科的要求放在心上」，所以留著一個小燈泡，做做樣子。

手表指針指著凌晨三點。仁科立刻就後悔了，幹麼沒事看時間？翻身想繼續睡，仁科忽然注意到一件事。隔開走廊與房間的那扇拉門，打開了三十公分左右的寬度。大概是原田去上廁所了，可是身旁傳來他規律的呼吸聲。

拉門爲什麼開著？原田上廁所回來，忘記關了嗎？還是，老婆婆過來偷看？

仁科不曉得門是誰開的，又爲什麼沒關上。試著將這件事拋到腦後，重新入睡，卻在意得要命，內心隱隱擔憂著。如果有東西從那裡跑進來怎麼辦？想像力又讓恐懼加倍。

最後仁科投降了，從被窩爬起身，四肢著地，悄悄接近拉門。拉門與門框之間的空隙原本一片漆黑，此刻突然出現一個圓形的白色物體。那是一張臉。一張面無表情的女人臉孔。一頭長髮……眼前的畫面與在庭院看見的那個女人重疊，仁科頓時全身僵硬。四目交接的瞬間，女人揚起嘴角，不懷好意地笑了。

仁科止不住顫抖……這傢伙是什麼玩意？喀噠！某種聲響促使仁科低頭一瞧，拉門的間隙出現一隻手。女人的頭在上方，應該是站著，怎麼手卻在地板上爬？以人體結構來說，未免太匪夷所思。不合常理。而且，剛才看到女人時，她沒有手，那地上的手是……？

地板上的那隻手猝不及防地拋來一個東西，體積近似棒球的物體撞到仁科的肩膀，在榻榻米上彈了一下。褐色的……一團……是老鼠！不會動。是老鼠的屍體！

「唔哇啊啊啊啊！」

仁科雙手抱頭，放聲大叫。

「呼哈哈哈……哈哈哈……啊哈哈……哈哈哈……啊哈哈哈哈……啊哈哈哈哈……」

激盪空氣的尖銳笑聲，如回聲般漸漸遠離。睡得香甜的原田「哇」一聲，彈坐起來。

「怎、怎麼了？」

拉門依然開著，但縫隙中的女人已不在。不見形影。

「仁科，你剛剛在笑什麼？嚇死我了。」

剛剛在笑的不是我，何況我還四肢著地，動彈不得。那個女人消失了，只留下榻榻米上的老鼠屍體。

「你該不會睡昏頭了吧？」

仁科一步步後退，爬進被窩裡。原田還在叨叨絮絮，但仁科一句話也沒回，什麼都不想聽。緊緊摀住耳朵，全身瑟瑟發抖，仁科雙眼睜得老大，一心期盼早晨快些到來。

雨聲不再，似乎是在天亮前停歇。自從半夜看見那個女人，仁科就沒能闔上眼。凌晨五點過後，四周逐漸亮起來時，他打心底感到「得救了」。打開庭院那側的遮雨板，只見天空蔚藍，晴朗無雲，彷彿什麼都不曾發生。然而，被窩旁躺著死掉的老鼠，證明昨夜的一切並非夢境。仁科隔著衛生紙捏起老鼠尾巴，拋進庭院的草叢裡。

大概是陽光過於耀眼，「嗯嗯……」原田也醒了，從被窩裡慢吞吞地坐起。

「對了，你是不是半夜忽然大笑？」

「沒印象。」仁科裝傻。他不想承認自己看見一個女人、一個妖怪，而且原田恐怕不會相信。

老婆婆爲兩人準備了早餐，但不是在房裡吃，而是請他們移動到廚房隔壁、鋪著木頭地板的空間，坐在年代悠久的矮桌前用餐。或許是昨晚到今天凌晨的靈異現象，導致精神一直很緊繃，仁科沒有胃口，剩下的一大半食物，都進了年輕的原田肚腹。

仁科端著餐具到流理台時，目光不經意掃過某個東西。碗櫃旁的小架子上擺著幾張照片，有黑白也有彩色的，其中一張拍的是「那個女人」。仁科伸手取下那副相框，奔向老婆婆。

「不好意思，這張相片中的女人……」

這女人昨天全身赤裸站在庭院裡，半夜還丟死老鼠到我們的房間……這種話仁科實在說不出口，便改口「跟我一個朋友長得好像……」。

「幾乎像是姊妹……請問她叫什麼名字？」

老婆婆接過相框，一下拿近，一下又拿遠，瞇起眼說「這是靜惠」。

那個女人真的存在，並不是妖怪。

「她很年輕時……三十歲左右就去世了。」

仁科用力吞下口水。

……仔細一看就會發現，相片中的人不僅有手，服裝和髮型也不符合現今流行的風格，許多小細節都透露出拍攝的年代久遠。那個女人死了。她不屬於這個世界。

我到底看到什麼東西?這種問題就別再想了。這一瞬間,仁科明白繼續苦思,也無法得知正確答案。

山壁崩塌的規模不大,早上沙石就清乾淨了。中午之前,計程車抵達屋前。

老婆婆到大門外目送兩人離開。原田感激地說「眞是親切的老婆婆」,不過仁科對老婆婆的印象,恐懼遠遠大過感激之情,於是只冷淡地應了句「是啊」。隨著計程車逐漸遠離那幢屋子,仁科也因離那個「眞面目不明的女人」越來越遠而鬆了一口氣。

計程車司機是年約六旬的禿頭男子,跟前一天去神社時遇到的司機不同,十分健談。他認識老婆婆,說「每個月都會載她往返醫院三次」。

「你們居然跑到這種地方啊。既然是雜誌記者,來採訪弑子村嗎?」

……又聽見「弑子村」這個名稱。

「我們是來採訪能量景點和溫泉,『弑子村』是指哪裡?」

原田主動詢問,司機露出意外的神情,回道:「原來不是嗎?」

「大概三十年前，小谷西村有家婦產科醫院，附近村落的孩子都在那裡出生。後來發現那裡的接生婆多次謊稱是死胎，殺害嬰兒，當時新聞鬧得很大。從此，這一帶的人就稱小谷西村是『弒子村』。」

一陣寒意竄上背脊。祠堂毀壞引起的詛咒，嬰孩遭到殺害的村落，有死人出沒的屋子……那座村子根本聚集各種不祥事物。

「這一帶人口一直減少，發生『弒子村』的案件後，更多人搬出去。如今還住在村子裡的，只有那個老婆婆。」

方才近到彷彿會擦過車身的山壁逐漸遠去，視野一片開闊。單線道轉爲雙線道時，手機終於收到訊號。原田不死心，打算去祕境溫泉多住一晚，但右踝腫起來，只能乖乖回家。

仁科昨天晚上沒怎麼睡，再加上終於離開那個鬼地方，一放下心，便在新幹線列車上睡得不醒人事。

回到東京的公寓時，已是晚上八點，仁科立刻檢查這次拍的相片，全部壓縮成一個檔案，寄給《ＳＣＯＯＰ》編輯部。明天要陪同另一名寫手去橫濱採訪，幸好地點不遠，可當天來回，接連出遠門實在太辛苦了。

打開相機包，正要爲明天的工作做準備，仁科才發現重得要命的超廣角鏡頭不翼而飛。奇怪，不可能沒在包包裡。昨天相機包濡濕，仁科將相機和鏡頭取出，移到寢室的桌上，今天早上才全部收起來。當時相機包塞得一點空隙也沒有，鏡頭應該都放回去了才對，到底是在哪裡搞丟的？

在新幹線列車上睡著時被偷的嗎？回程仁科坐在靠窗的座位，身旁就是原田，相機包擺在腳邊，這種情況下想偷走一顆鏡頭是不可能的。但現在超廣角鏡頭不在包包裡，是不爭的事實，不見了……萬一找不回來，只能再買新的。一顆鏡頭要好幾萬圓，有夠教人心痛。

仁科頹然垂下肩膀，將這次帶出門的鏡頭一一從相機包裡取出，準備換成明天可能用到的鏡頭，忽然瞥見包包底部有一張紙片。是自己的名片。怎麼會在這種地方……？疑惑片刻，仁科想起昨晚曾拿出名片夾，應該是當時不小心落下的吧？以爲剩下最後一張，看來其實有兩張。

名片上，仁科春樹的「樹」字有水痕，浮現細細的皺褶。這一張不能用了……隨手翻過名片，仁科注意到背後寫了字。

「要 再 來 喔 」

幾個像是小學生寫的、歪歪斜斜的鉛筆字。仁科牢牢盯著那些字，渾身顫抖，怎麼都止不住。

2

《SCOOP》編輯部所在大樓的附近，有一家老舊餐館，門簾褪色破損，外頭的餐點樣品展示櫃上，裂痕還用封箱膠帶補過。店裡，仁科正吃著套餐，坐在對面的原田忽然拋出一句「我要老實招認」。

「其實，我根本沒那麼喜歡足球。」

早上兩人剛結束一場採訪，那位足球選手有名到連對體育競技漠不關心的仁科都認得。

「工作上需要接觸是無所謂，但如果向朋友坦承對足球沒興趣，不會遭到大力撻伐，指責你不算是日本人嗎？會吧？這簡直是一種同儕壓力。」

原田無精打采地哀號著「啊～好想趕快去泡溫泉」，把套餐裡的整隻炸蝦喀哩喀哩地嚐下肚。

仁科早上擔任攝影師，與原田一同完成採訪，接下來要趕赴其他工作地點。當那傢伙笑容滿面地說下午「要去琦玉的溫泉採訪」時，仁科不禁懷疑起自己的耳朵，原田是認真的嗎？外頭熱到連鐵塊都能融化，只要在路上走五分鐘，包準汗流浹背。光是聽到「溫泉」兩個字，悶熱的感受就直線上升。聽說有些溫泉勝地冬季會休息，原田極力強調「我跟你說，夏天才是重點」。

「對了，仁科，和你一起工作，是兩個月前在四國迷路那次以來吧？」

霎時，那段透著詭異色彩的記憶在腦海復甦。傾盆大雨、寬敞的房屋……沒有雙臂的女人、丟到肩膀上的死老鼠。無法以常識判斷、疑似遇上靈異現象的那一夜，仁科一直塞在希望忘卻的記憶箱底。

「那時你是不是說有一顆鏡頭不見？後來找到了嗎？」

「沒有……反正也舊了，乾脆重買一顆新的。」

「哦，職業攝影師用的鏡頭不是很貴嗎？」

仁科還沒回答，「喂，你們兩個！」一道熟悉的嗓音橫空打斷對話。滿臉鬍鬚、神似彌勒佛的飛山總編輯，笑意盈盈地走近。他今年五十七歲，單身，頭頂早已十分光滑。

「沒位子了，旁邊讓給我坐。」

原田嘴裡應著「是、是」，端起餐盤往牆邊挪出空位，頗不耐煩。店裡的老婆婆端來的水杯還沒放到桌上，飛山就迫不急待喊出「A套餐」，拿起濕毛巾用力往臉上抹了抹，揉成一團放在桌邊。

「您的脖子後面怎麼了？」

原田開口詢問，飛山應了聲「這個呀」，伸手搔搔發紅的後頸。

「只要流汗，就會馬上起汗疹，我的皮膚太嬌嫩了。」

飛山正經八百地回答，原田嘴角微揚，似乎很想酸一句「一個大叔居然炫耀自己皮膚嬌嫩……」。

「對了，仁科，你知道什麼女性會喜歡的題材嗎？」

「您有喜歡的小姐嘍？」

原田冷不防吐嘈，飛山不客氣地一掌拍向他的頭。

「蠢貨。我都說『題材』了，當然是在講雜誌的企畫。」

原田皺起臉吐舌，仁科瞄了他一眼，苦笑道：

「這方面我不太清楚。」

「你不是有女朋友？幫我問一下。只要女性會感興趣，不管是地點或食物都行……我記得轟提過，你以前寫過這類稿子。不是針對女性的主題也沒關係，只要是好題材都提出來。」

仁科確實寫過報導，但相較於推砌文藻，更喜歡攝影那種捕捉一瞬間的緊張感，也認爲那更適合自己。但飛山願意問一聲仍令人感激，於是仁科四兩撥千金地回了句「瞭解，我再看看有什麼好題材」。

「東名高速公路往京都方向的上行道路，發生一起意外事故。由於風勢過強導致卡車翻覆，並波及後方的七輛小客車……」

不曉得是誰按下遙控器，裝設在天花板附近的電視打開，播放著午間新聞。早上這起車禍的新聞，已躍升爲手機搜尋頁面的熱門關鍵詞。

「這起意外中有兩人不幸罹難……」

起初新聞報導有一人死亡，現在又增加一人。飛山嘴巴張得開開的，雙眼緊盯著新聞畫面，連A套餐送上桌，也渾然不覺。

「死了。」

飛山喃喃自語，嘖了一聲。

「罹難者中有您認識的人嗎？」

面對仁科的提問，飛山「嗯」地沉吟。

「算是吧。」

然後，他就沒再開口，在五分鐘內匆匆扒完飯離開店裡。由於飛山平常話多到煩人，原田也不免擔心地說：「總編不要緊吧？」

前往下午的拍攝地點的途中，仁科在電車上搜尋那起高速公路車禍的消息。死者是松戶市的五十三歲女性，和東京都的六十七歲男性。男性死者的姓名是「山王英郎」，跟農林水產局前任官員同名同姓，年紀也相符，肯定是同一人。飛山以前是新聞記者，或許兩人曾有交集。

下午的工作提早結束，回到出版社在電腦上檢查相片時，轟喊著「仁科～」從背後走近。她是一名記者，與我同年，也是《SCOOP》的副總編輯。她的打扮十分樸素，猶如剛從廚房忙完走出來的家庭主婦，卻不時搶到重大的獨家新聞，口頭禪是「我最厲害的地方就是看起來不像記者」。二十幾歲時，因採訪巴西移民結識後，我們一直保持聯絡，幫忙牽線《SCOOP》工作的也是她。

「白天有一個土居先生打電話找你。」

……沒聽過的名字。

「是什麼事？」

「說到這個……」轟手插腰，「他講方言，又一直說什麼不是他，我其實聽不太懂。不過，大概是有遺失物品想寄還給你，我回說會轉告你，然後問了他的聯絡方式。」

她遞過來的紙片上，寫著「土居由信」這個名字及一串手機號碼。

「他說沒在用電子郵件。」

轟猜到我一定會覺得打電話很麻煩，主動解釋。

「遺失物品是什麼？」

「他說是相機的配件。」

我不曾遺失相機配件，難道是鏡頭嗎？忘記帶鏡頭，正確來說是被人拿走，在那幢有詭異女人出沒的屋子。希望忘卻的記憶，瞬間又全部湧入腦海。我不想再與那個地方扯上任何關係。爲什麼過了好幾個月才聯絡我？而且打電話來的人名叫土屋由信，應該不是那位老婆婆。

我想當沒這回事，卻在意得不得了，根本沒辦法專心工作。最重要的是，我實在捨不得。那顆鏡頭已絕版，我雖然買了類似的代替品，但非常難用，還是原來的順手。眞的很希望對方能還給我。

左思右想，最後我決定聯絡看看，畢竟對方似乎打算寄還，而且如果只是打一通電話，也不會有過多牽扯。下定決心就盡快行動，我想馬上解決這件事。按捺住不安，我撥打紙條上的那串號碼，鈴響第四聲時，電話通了。

「喂……」一道低沉的男聲傳來。

「您好，請問是土居先生嗎？我叫仁科，聽說您特地打電話通知編輯部，說有我的遺失物品……」

「啊啊，沒錯。」對方的音量忽然大了起來，「我的母親上個月去世。她身上有好幾種病，但一直都能獨自打理生活，有一天忽然走了。」

不知爲何，對方突然談起自己的母親。

「母親生前交代『有客人落下東西，你幫我寄還』。她說是迷路的人借住家裡時忘記帶走，對方給過名片，但她忘記收在哪裡找不到了，神主應該知道他們是誰。我在七七四十九日的法會上想起這件事，不趕快歸還，母親肯定會生氣，就問了一下神主。神主說應該是來採訪神社的出版社員工，提供了你們的電話號碼。」

土居的母親，想必是管理那幢屋子的老婆婆。七七四十九日的法會已結束，表示我們借住後，沒多久她就去世了。現在回想起來，當時老婆婆的確骨瘦如柴，臉色也不太好……

「請節哀順變，眞的很感謝伯母收留我們。讓您遭逢巨變時還掛心我的事，眞不好意思，可以麻煩您用貨到付款的方式，把東西寄到出版社嗎？」

「沒問題。這樣母親託付的事就完成了，我也能放心了。」

告訴他出版社的地址後，我掛上電話，繃緊的肩膀頓時垮下。眞不可思議，白天原田才提過鏡頭的事，沒想到傍晚就能找回來。

兩天後，土居寄的包裹順利送達出版社。雖然很清楚不太可能發生這種情況，我卻忍不住擔心裡面會出現動物的屍體，雙手止不住顫抖。然而，打開紙箱後，只有一張寫在便條紙上的短信，和一顆用報紙層層包裹……毫髮無傷的超廣角鏡頭。

☆

天花板好藍，蔚藍色……簡直就像是天空。啊啊，這是天空沒錯，真正的天空，連一朵雲都沒有，天氣晴朗無比。

我睡得很飽，只是可能睡姿不正，背有點痛。我想站起，膝蓋一著地，左小腿前側頓時痛得要命。一大片青紫色。是撞到什麼東西了嗎？我毫無印象。

地板不停晃動，一點都不穩固。我右腳用力踩地站起，身體又搖晃著失去重心摔倒。儘管狠狠跌跤，身體卻一點都不痛，下面有一塊好大的布。

是哥哥趁我睡著，故意捉弄我嗎？不對，哥哥扛不動我，那就是叔叔嘍？

那塊布約莫有兩張單人床墊大，我待在正中央，布面好似漩渦往中間下沉。不光是腳痛，背也很痛，但我還是想坐起來，可是一扭動身體，那塊布就漸漸往右下方傾斜，身體也跟著滑落。我從布的邊緣探出頭，往下一望，簡直嚇壞了。地面好遠。我在一個比屋頂高許多的地方。原本以爲布是固定在樹枝上，卻並非如此。

正下方有水，是河嗎？第一次看見這麼寬的一條河。我知道的河流，都十分細小。碧藍色水面宛如碎玻璃，閃閃發光。晶燦耀眼的光芒直直穿過眼睛，占據整個腦海，眉心忽然有一股感覺擴散開來。。

胸口像泡澡般一片暖和，在河流與光線營造出的美好情境中，摻雜著轟隆隆的煩人聲響。是車子。車子是外面的人類在用的。外面的人類來了。

我得找個地方躲起來才行，繼續待在這裡會被發現。我俯趴著前進。喀噠！撐開的布面朝左邊猛然傾斜，劇烈晃動，我根本站不起來，沒辦法走了。我沒辦法躲起來。根本逃不掉。

「哥……哥哥……」

我試著低聲呼喊。

「哥……哥哥，你、你在哪裡？」

即使我提高音量呼喊，也沒人回應。

「我想快點離開這裡，哥哥——」

我真的好害怕，淚水掉個不停。

「喂，那邊情況怎樣？」

一道低沉嘶啞的話聲傳來。是外面的人類。他們在附近。外面的人類最壞了，老是幹些壞事。好可怕。我將臉埋進布裡。

「鷹架差點倒塌，似乎有什麼東西掉到帆布上。」

傳來另一道話聲。我不寒而慄。外面的人類不只一個。奶奶常叮嚀不能跑到院子外，我很聽話，雖然偶爾會溜出去，但大部分的時間都謹守分寸。我明明這麼乖，昨晚睡著後究竟被帶到什麼地方？

忽然，頭頂上方傳來話聲：

「大概是飛機的零件吧？偶爾會掉下來。」

「我從未在這一帶看過飛機。對了，昨天老石說在附近看到野豬，這一帶似乎有很多。」

「野豬啊，連柵欄都能輕鬆跳過去。不要跌到帆布上，直接摔進河裡該有多好，眞麻煩。」

「喂，你從上面看得見嗎？」

「沒辦法。」

紛雜的人聲忽然靜下來，然後，又響起「鏘空鏘空」的聲音，似乎有人在踢鍋子，而且那聲響越來越近。

「工頭說如果是野獸就扔進河裡，但萬一牠抓狂怎麼辦？拜託別叫我們冒這種險。」

「先看看情況。」

他們的聲音已非常靠近，近到我寒毛直豎。他說扔進河裡，是要扔什麼？人類最壞了。一定會把我扔下去，殺死我。我會被殺。好可怕。我像毛毛蟲一樣蜷縮在那塊布的底端，希望自己不會被發現。然而，布的下面有什麼東西戳向我的腰際，一個彷彿是掃帚柄的堅硬物體狠狠刺向我，好痛。

「這種觸感，看來真的是野獸。大概不是野豬？我這樣戳也沒反應，搞不好死了？拆開左邊固定的地方，牠應該就會掉下來，要動手嗎？」

「剛剛不知道是誰說牠在動。難道不是野豬，是人類……？」

「別講這麼恐怖的話，果真如此，就太糟糕了。掉到這裡，不就表示那個人是從橋上跳下來？……不管怎樣，先確定到底是什麼。只能從旁邊爬上去瞧瞧，但鷹架歪了，實在很危險。」

「竹山，你小心點。」

鏘、鏘！尖銳的聲音再度響起。

「喂，你看到什麼？」

「很糟糕，超級糟糕……」

外面的人類話聲在發抖。

「是一個全裸的女人。」

「你開什麼無聊的玩笑啊。」

「我是說眞的，橋本！眞的是一個裸女。她動也不動……我不知道她是活著還是死了……」

「喂——」、「喂」，人類紛紛朝我大喊。我才聽不見咧。我不聽。叩！有東西打到我的頭。一個小袋子掉到我的臉頰旁邊。這東西我曉得，是奶奶偶爾會給我的那種糖果。這是裝糖果的袋子。我下意識側過頭。「動了！」人類的聲音響起。我愕然抬起頭，跟外面的人類四目相接。

「哇啊啊啊啊。」

我放聲大叫。外面的人類也像山谷回聲一樣，「哇啊啊啊啊」地嚷嚷起來。

「橋本，是活人！她還活著！糟糕，糟糕！」

被發現了。被發現就完了。我得逃走……我拚命爬動時，身下的布又開始嚴重傾斜。

「妳不要動！摔下來會沒命！」

有一個男人大喊。我不想死。我不想死。好可怕。好可怕。我被發現了。好可怕。我不想死。好可怕。好可怕。好可怕。好可怕。我眼淚直往下掉。

「是工頭嗎？我要竹山爬上去看看情況，發現是一個人，鷹架岌岌可危，最好趕緊通知警方和消防局……」

我受夠了。那些聲音好可怕。人類好可怕。身體不斷搖晃的同時，也漸漸往下滑，我的頭滑出布的邊緣，強風吹得髮絲狂舞，發出啪沙啪沙的聲響。

「喂，是人！那裡有一個人！」

遠方也喧嘩起來。

「橋本，這個人好奇怪，她沒有手，雙手都沒有。眞的沒有。我還看到小雞雞……頭髮那麼長，卻是個男的？爲什麼沒穿衣服？現在到底是什麼情況，我腦袋都混亂了！」

外面的人類一看見我，個個臉色發白。好可怕，好可怕，好可怕。我張大嘴巴，恐懼化爲聲波從喉嚨深處衝上來。

「啊啊啊啊啊、啊啊啊啊啊啊、啊啊啊啊啊……」

我狂亂地甩頭大吼，嚇到都尿出來了。

「哥哥！哥哥！」

胸口劇烈跳動，我的腦袋彷彿快要爆炸，眼前倏然一暗，忽而一切都消失了。

雙腳踏不到實地。自從來到這裡，我一直有這種感覺。而且這裡的地面絕對不是眞的，是假貨，仿冒品。我知道「醫院」。奶奶以前總會在固定的日子去「醫院」。我常常趁她不在家，做一大堆她平時不允許的事情。

醫院是「年老又生病的人」去的地方。不過這裡有小孩子也有大人，大概是一家「奇怪的醫院」。

床鋪在一座很高的檯子上，我非常討厭這一點，感覺隨時都會摔下去，好可怕。第一天睡在這裡時，我實在太害怕會摔下去，根本睡不著覺。不光是床鋪，還有聲音、顏色，放眼望去，所有的事物都雜亂無比，令人不舒服。然而，就算我躺在地上大吼，隔天、後天看到的景色也沒有絲毫改變……只能忍耐了。

我好想離開這裡，不過每次透過窗戶看向外面，雙腳就忍不住發抖。這個房間位在高到不可置信的地方，映入眼底的景色令人心浮氣躁。沒有山，也沒有樹，只有無數小箱子並排在一塊。

房間十分寬敞，我的喉頭卻像被緊緊掐住。我討厭這裡。我想回去、我想回去，想回去有奶奶和哥哥在的家。我不知道這是哪裡。我不知道該往哪裡逃。這是「外面的人類」的世界，一切都很討厭。我不能和外面的人類講話，必須提高警覺。

這世界總是太過吵雜，實在令人難受，所以我一直縮在被窩裡。哥哥，你在哪裡？為什麼叔叔不來接我回家？我委屈地落淚。

被窩太熱時，我會坐在檯子上，晃著腳丫子。不管睡著還是醒來，我都得穿同一件奇怪的衣服，顏色宛如即將乾枯的金針花。我討厭這件衣服，非常討厭。

「不好意思……」

門外傳來一道聲音。我內心湧起一股嫌惡，身體不住發抖。

「我進去嘍。」

我明明沒說「好」，門卻開了。經常主動找我講話的女人走進來，後面跟著兩個男人。我第一次見到那兩個男人，他們是誰？我的臉頰不受控制地抽動。

「你好，我是東三丹警署的三代。」

講話溫吞的男人低下頭，他和叔叔一樣滿頭白髮。

「我是他的同事工藤。」

這男人嘴唇下方有一顆黑痣，說話速度比白髮男快，兩人看起來力氣都很大，好恐怖。白髮男直盯著我，開口：

「方便問你幾個問題嗎？」

我沒回答。我才不跟外面的人類交談，緊緊閉著嘴巴。

「護士小姐，他會講話嗎？」

女人聽到白髮男的問題，側頭回答：

「他不肯說出自己的姓名和生日，也不會回應我的話，但覺得痛時會喊『痛』，我想應該會講話。」

唔，真傷腦筋……白髮男嘟噥著，揉揉眉心。

「你掉到橋墩修建工程的防護帆布上，才沒摔傷。」

開口講話的白髮男身旁，站著黑痣男，女人在他們的後方。六隻眼睛如利箭般緊盯著我。

「依當時的情況來看，我們推測你是出於某種緣故，從橋上掉落。」

白髮男繼續說：

「那麼，接下來的問題，可以麻煩你回答『是』或『不是』嗎？如果『是』就點個頭，如果『不是』就搖頭……你是自己從橋上跳下去嗎？」

一、二、三，木頭人！我動也不動。我才不會告訴外面的人類有關自己的事。只見黑痣男走近白髮男。

「他有理解能力嗎？搞不好他根本聽不懂你的問題。」

「這該怎麼辦……」白髮男哀嘆。兩人交頭接耳片刻，黑痣男走向我，一股令人作嘔的臭味撲鼻而來，像是酸甜的柑橘香氣中混雜放屁蟲的臭氣，惹得胸口一陣煩悶。

黑痣男從口袋裡掏出小筆記本，在我眼前攤開。

「這上面寫的字，你看得懂嗎？」

柑橘和放屁蟲的氣味猛然衝進鼻腔，我張大嘴巴，無法克制的噁心感受從腹部深處湧上來。

「哇，他吐了！」

黑痣男大叫，水蜘蛛般靈活地往後跳開幾步。沾到嘔吐物的筆記本掉落在地板上。「你不要緊吧？」女人走近關切，伸手輕撫我的背。

「你不舒服嗎？還想吐嗎？」

黑痣男再度走近，我以腳趾夾住枕頭，朝他丟過去。

「嗚啊！」

黑痣男停下腳步，高舉雙手。

「啊啊，抱歉，我們不是要責怪你，只是希望能弄清楚實情。」

責怪？我又沒做壞事。壞的是你們。外面的人類。既臭，又噁心。我不想再看見你們，也不想聽見你們的聲音。討厭、討厭、討厭！我鑽進被窩裡。

「看來今天沒辦法問了。」

這一道話聲響起後，隨即又傳來喀啦喀啦的拉門聲。人類的氣息消失，四周恢復安靜。我從被窩裡探出頭。外面的人類不見了。我鬆一口氣，沒想到那女人忽然進來，我驚嚇到在檯子上彈坐起來。

「床單和病服都髒了，我來幫你換。」

我身上的衣服和棉被都沾滿嘔吐物，散發出一股酸臭味。我從檯子上下來，走到女人放置乾淨衣物的椅子旁，以腳趾解開繫在腹部的帶子，再以腳跟踩住褲腳，脫掉褲子。然後，我將雙腿伸進乾淨的褲子裡，靠腳趾和腳踝不斷扭動、摩擦，讓褲管捲上來。捲到一半高度，我改用嘴巴咬住褲頭拉上來。上衣也用嘴巴咬住甩到背上，再以雙腳打上蝴蝶結。

「不管看幾次我都好佩服，你的腳眞靈巧。」

經常找我講話的這個女人，不像剛才的兩個男人那麼討厭。不過，她也是外面的人類，絕對不能相信她。

我想回去。我想回去。我想回去。我想回去家裡。怎樣才能回去？該怎麼做，他們才會送我回去？

我想找人問，但要找誰？這一點必須非常小心。如果不小心，不曉得會遇上什麼可怕的事。話說回來，「外面世界的人類」眞的會幫助我嗎？

奶奶似乎是「外面的人類」，但她是個好人。叔叔也一樣。或許有像奶奶和叔叔這種人存在，早知道應該要他們教我如何分辨。

我的思緒不停在這件事上打轉，忽然，一張臉浮現腦海。對了，還有這個人。奶奶讓他們借宿家裡的「外面的人類」。

「沒辦法，外面在下雨，他們沒地方過夜可能會冷死。萬一他們死在門外，我以後怎能安心睡覺？就像看到小貓肚子餓得喵喵叫，不餵牠吃點東西，便過意不去。」

那個「外面的人類」很有趣。他們回去後，我和哥哥經常聊起那一晚的事，哥哥笑著說：「真希望他們再來一次，下次該怎麼嚇他們才好呢？」

那個「外面的人類」來家裡住過，一定知道回家的路。如果是那個人，一定能帶我回家。他雖然是外面的人類，不過奶奶願意讓他在家裡過夜，想必有什麼特別之處。

「仁科、春樹。」

抱著骯髒被套的女人猛然轉向我，雙眼睜得老大。

「那是你的名字嗎？」

「叫仁科春樹來。」

女人側頭問：

「他是你的家人或朋友嗎？」

都不是。我沉默以對，女人又看向我說：

「我會想辦法找到『仁科春樹』，但如果只有名字，要查出他的聯絡方式可能很困難，如果能知道他從事什麼工作……」

「佐光出版，週刊，S、C、O、O、P，攝影師，仁科春樹，電話號碼○○○○○○○○○○○。」

仁科春樹當時給奶奶的那張紙片上，寫著這些文字。我和哥哥曾放大抄寫到紙上，反覆默念過許多遍。「等、等一下，可以請你再說一次嗎？」女人慌忙從口袋裡掏出小筆記本和原子筆。

拜託那女人「叫他來」以後，過了三個晚上，仁科春樹出現了。約定的那一天，我一早就坐立難安，好幾次坐了又站、站了又坐，直盯著窗戶外面。

那一天極為漫長，仁科春樹終於踏進房間時，已是傍晚。日暮低垂，晚霞餘暉絢爛耀眼。

我等了又等，等到快受不了，仁科春樹走進房裡時，我開心得幾乎要尿出來。我想趕緊離開這裡。我想回家。哥哥在哪裡？叔叔在哪裡？這些疑問日夜在腦海裡打轉，想得我腦袋快爆炸。我有種預感，只要仁科春樹一來，討厭的事情全都會結束。

之前半夜被老鼠嚇壞的仁科春樹一身淺綠色衣服，皺著眉頭……用一副像奶奶感到困擾時的神情，低頭望著我。

「你好，我是仁科春樹。那個……請問你的名字是……？」

「我要、回家。」

昏暗的走廊，陳舊破損的榻榻米，天花板角落的蜘蛛網。青草的香氣。土地的芬芳。

「回家！回家！帶我、回家！」

我的叫喊聲激烈到讓自己的耳朵發疼。仁科的呼吸急促起來，左手按住胸口。我討厭那個動作。奶奶過世前常常這麼做。那一天早上起床後，發現奶奶倒在走廊上，身體冰冷僵硬，我和哥哥討論「奶奶是不是死了」，隔天叔叔來家裡，宣告「奶奶過世了」，哥哥回一句「我就知道」，哭了出來。

「你說的『家』，是你之前住的老舊大宅子嗎？那屋子不在了。」

這個人在說什麼？我聽不懂。

「那屋子拆掉了，現在變成空地。我親眼所見，是眞的。」

「家、還在。我要回家！」

那屋子堅固又宏偉，不可能輕易沒了。它和泥土堆成的山丘不一樣，不管雨下得再大，哥哥掛在橫梁上盪來盪去，或是我們在走廊上狂奔，都屹立不搖。

啊啊，我懂了。仁科在說謊。他是外面的人類，會說謊。果然不能相信外面的人類。他們都愛說謊，眞差勁。我懂了。這下我就明白了。沒有一個人值得依靠。

我走到門邊，用腳打開門，踏上門外的那條路。之前好幾次在那女人的指示下來到這條路，但這是我第一次主動出來。我要回家。靠自己回家。靠自己找路。只要一直往前走，肯定回得了家。下定決心後，我一秒都不想繼續待在這裡。啊啊，早該這麼做。畏懼外面的人類、一直躲在房間裡的我，眞是膽小鬼。

我奔過兩旁架著白色板子的筆直走道，發現盡頭是一堵牆，雖然有窗戶，卻找不到能夠進出的門。走到底了。

「你要去哪裡？」

仁科從後方追上來。

沒用的男人。光是看到他，我就一肚子火，所以故意撞他一下，才往反方向跑回去。迎面而來的人紛紛走避。這邊也沒有出口。好可怕。我被關起來了。像關在昆蟲箱裡的蜻蜓。好可怕。

仁科趕上我。這傢伙也是惡劣的外面的人類。我瞪他一眼，他開口問：「你怎麼了？」

「你以前住的那屋子被拆掉，負責管理的老婆婆也過世了，對吧？」

「哇啊！」

我放聲大叫。

「哇啊！哇啊！哇啊！」

我宛如同伴死去的烏鴉般瘋狂嘶吼。仁科的臉色越來越難看，那女人走到他旁邊提議「只要待在院內，可以去散步」。

「那……你要去散步嗎？」

我想回家。如果要回家，必須先離開這個昆蟲箱。去散步就能到庭院，於是我點點頭。

「那我們搭電梯下去。」

仁科邁開腳步。我聽不懂他在說什麼，不過只要能離開這裡就好，便跟了上去。他在一道牆前方停步，叮一聲，牆喀喀地朝左右打開，簡直像是地獄大門開啓，我不禁渾身顫抖，雙腿發軟。

仁科走進地獄大門，看向我，又立刻走出來。大門轟隆隆地關上。太恐怖了。

「你害怕狹小的空間嗎？幽閉恐懼症？」

外面的人類根本無法理解我的感受，常常吐出莫名其妙的話語。

「我們走樓梯下去吧。」

我只是想去外面，怎會這麼恐怖？仁科在另一道牆前停下，打開門。我嚇一跳，沒想到這種地方居然有樓梯。

那座樓梯往底下無盡延伸，彷彿是另一扇地獄大門，一樣恐怖。仁科率先往下走，萬一眞的通往地獄，先遭到吞噬的也是他。

我一級一級走下地獄的階梯，途中遇見幾個人往上走，我慌張地避開。仁科又打開一扇門，我跟著他走出去，眼前的景象和下樓梯前相同，是一條白色的通道。房子裡的走道。兩者雖然很像，但這裡看得見窗外，種植在地面上的樹木。

仁科穿過白色通道，走到巨大的玻璃門前。我以爲他會撞上去，沒想到玻璃門卻打開了。自動打開的。我慌忙尾隨仁科出去，猜想可能有人在旁邊拉開門。要關門才行。我回過頭，發現門又自動關上。我愣愣地盯著，實在看不出是誰在操縱門。

終於到外頭來了。地面上的土是灰色，還硬梆梆。仁科沿著堅硬的灰色道路前進，在樹下的褐色長椅坐下來。

微風、青草與樹木，我終於來到能大口呼吸的地方，可是每棵樹都枝葉稀落、無精打采。放眼所及的所有事物，皆好似仿造品。

「你不坐嗎？」

只有我站著，像在被奶奶罰站一樣，我不喜歡這種感覺，便趕緊坐下。這座庭園是仿造品，眼前的幾條路，不知道究竟哪一條才會通到外界，淨是一些搞不懂的事，我很生氣，全身繃得緊緊的。仁科不停瞄著我。

「你叫什麼名字？」

「奶奶說不能告訴別人。」

「不知道你的名字，很難找到你的監護人。」

我絕對不會透露自己的名字，百分之百會招來壞事。

「我要、回家。我要、回家。帶我回家。」

「我說過，你的家沒了。」

仁科從口袋裡掏出一片細長的板子。那片板子原本黑漆漆的，卻忽然出現各種鮮豔的色彩，嚇我一跳。是一台小小的電視。

「我好像沒有拍到……」

許多相片一一浮現。那些相片怎麼全部塞進這塊小小的板子裡的？我實在想不透。我湊近盯著，仁科霍然挺直背脊。

「那是、什麼？」

「相片……」

「相片……從哪裡拿出來？又收進哪裡？」

仁科抬頭凝視著我，反問：

「你不知道智慧型手機？」

「智慧型……手機？」

「就是行動電話。」

「電話？電話只有奶奶和叔叔可以用。」

那塊色彩繽紛的板子，忽然再度變得漆黑。仁科垂下眼，露出正在思考的神情。這種時候如果我吵鬧，哥哥和奶奶都會生氣。

「你幾歲？」

「不知道。」

「你不知道？不知道年紀，不會很麻煩嗎？」

「為什麼？」

仁科張大嘴巴，停頓半晌，才說：

「譬如，上學會很麻煩。」

「我沒上學。」

「那是義務教育吧？」

「學校是外面的人類去的地方。」

仁科的臉色越來越難看。

「連學校都沒讓你去……是虐待兒童了吧？」

我聽不太懂他的話是什麼意思。

「我和外面的人類不一樣，我是神明。」

仁科的雙眼睜到不可思議地大。

「我是神明，不能離開家裡。佛祖也不會離開祂家的佛壇，不是嗎？一樣的。外面的人類很可怕。」

仁科一直望著我的那對眼珠，不斷左右游移。

「你在開玩笑吧？」

仁科吐出這句話後，就沒再開口。

「你在這裡等一下。」

仁科交代完，留我單獨在房間裡。這個房間約六張榻榻米大，兩側架子上擺滿書，比仁科家的書還多，卻沒好好整理。直的、橫的、斜的，雜亂地塞成一團，那些書看起來都要不能呼吸了。

房間的正中央有一套桌椅，我用腳踝勾住椅腳，將椅子拉出來坐下。用力吸了一口氣，充滿灰塵的味道。

實在太無聊，我走到門前面的窗戶旁。窗鎖的形狀和仁科家的一樣，我先用嘴巴咬住再轉開，將窗戶拉開一點縫隙。外頭的空氣也很臭，但還是比房間裡好一點。

沒有山，也沒有樹，這麼一個臭氣沖天的地方，空氣裡的濕度依然會漸漸降低。我知道夏天即將結束。

在東京，窗外的景色都一模一樣。住宅像蜂巢般緊緊挨在一起，人類如同蜜蜂從裡頭一隻隻鑽出來。這裡的氣味、映入眼中的所有事物、像蚯蚓般蠕動的人類……全令人作嘔，當初我不曉得吐了多少次，最近好不容易才慢慢習慣，但我還是討厭東京。

現在待的地方叫「出版社」，是其中一個蜂窩。從外頭看來，就是大大的箱子。踏進裡頭，走動觀察，每間房都塞滿人，大家都像蜜蜂般埋首忙碌。

仁科就在這裡工作賺錢。

啪噠啪噠……拖鞋的聲音響起，伴隨著「磅」一聲，門開了。仁科和一個沒見過的男人走進來。如今見到不認識的「外面的人類」，我已不會再發抖。一旦走出仁科家，迎面而來的皆是「初次見面」的「外面的人類」。只要不去摸、不去看、不去對話，「外面的人類」跟後山的雜木林沒什麼差別，就是存在於那裡的物體。

那個男人頭髮很短，和哥哥一樣，圓潤的臉頰彷彿抹了一層油，亮晶晶的。他眼睛旁邊有皺紋，看起來也有年紀了。跟叔叔比起來，不知道誰比較老？

那雙下垂眼直勾勾地望著我，又高興地瞇成一條縫。

「你說想讓我見一面的，就是這位小美女嗎？她真的挺漂亮，你要推薦她當我們的模特兒嗎？」

「只是……」那男人手插腰，接著說：「不夠性感。我們雜誌的讀者更喜歡長相普通卻性感風騷的模特兒，而不是氣質美人。這一點你也很清楚吧？」

仁科的臉頰有些抽搐。

「飛山總編，他是男的，名字是『新』。」

「什麼？」那個叫飛山的下垂眼男人驚呼，嘴巴張得像雞蛋一樣大。

「頭髮那麼長，又穿著裙子，胸部……確實沒有胸部……」

「新喜歡女裝的感覺。」

飛山的目光一直停留在我的肩膀上。外面的人類老是看我的肩膀。聽說有一小部分外面的人類也沒兩隻手臂時，我嚇一大跳。「那些人是神明吧？我想見他們。」我纏著仁科提出要求，他說「那樣的人非常少，而且不一定是日本人」。

我以前就知道，外面的人類有一些是藍眼黃髮。我在叔叔的電視上看過。我一直認爲，那就像貓狗也有各種顏色，白色的、黑色的或有斑紋的。不過，聽說外面的人類散布在許多不同的地方，每個地方使用的語言不一樣。

「我想找你談的，就是有關他的事。」

飛山嘟噥著「唔，我不太懂這是什麼情況……」，坐了下來。我和仁科則在桌子另一頭、飛山的對面，並肩入座。昨天仁科說「明天我要去見的人，一定能幫上你的忙，希望你能一起來」，雖然討厭走在東京街頭，但我想趕快找到哥哥，只好勉強跟來。

「六月我和原田一起去四國採訪溫泉時，不小心迷路，在當地民宅借住一晚。當時的那幢屋子裡，住的就是新和一位老婆婆。」

飛山立刻說「啊，你提過這件事」，伸手搔了搔滿是油光的臉頰。

「上週，廣島的一家醫院打電話來，說有個姓名、年齡、住址都不詳的男性病患想見我，他們一直不知道該怎麼聯繫他的家人，傷透腦筋。院方傳來新的相片後，我告知他可能是四國山裡某村落的人。」

「哦——」飛山點點頭，往後靠在椅背上。

「院方調查後，發現他先前居住的屋子已遭拆除，變成一片空地，我也去當地親眼確認過。根據新的說法，老婆婆逝世後，他搬到叔叔家，一直在那邊生活。但他不曉得叔叔的姓名，也不清楚究竟是住在哪裡……」

「我懂了。」

飛山打斷仁科的話。

「意思就是，你想幫回不了家的小哥找家人，對吧？那根本不需要借助雜誌的力量，只要把他的照片上傳到Facebook或Twitter，馬上就能找到了吧？畢竟他長得這麼漂亮。」

飛山的話中，出現「呼欸～」還有「嘟咿～」之類像野獸叫聲的詞。交談過程中，仁科注意到我的表情不對，就會主動關心我是不是哪裡聽不懂，為我解釋。飛山根本沒顧慮到我。

「新說某天醒來，就發現自己全身赤裸，躺在橋墩修建工程現場架設的帆布上。」

「咦？」飛山詫異地從椅子上站起來。

「他說前一天吃完晚飯忽然非常想睡，從來沒這麼睏過，很快就睡著了。他在移動過程中也沒醒來，我猜可能有人下了安眠藥之類的，然後把他從橋上丟下去。不過，警方似乎懷疑他是自殺未遂……」

飛山的雙眼瞇成一條細線。

「也可能是這個小哥為了隱瞞自殺未遂的事實，編故事騙你吧？」

仁科嘴巴歪成奇怪的形狀，笑了。

「這個嘛……目前還不知道。我現在算是他的監護人，他就住在我的公寓，嗯……在本人面前這樣講可能不太禮貌，不過從一起住的這段日子看來，他實在不像會自殺的類型……」

飛山不置可否地「哼」了一聲。

「新說從懂事起，他和哥哥就跟那位老婆婆一起在有寬廣庭院的獨棟屋子裡生活。老婆婆禁止他們跑到庭院外，也沒去上學，讀寫都是老婆婆教的。家裡有藏書，但沒有電視或收音機。我詢問當地人後發現，儘管有人知道那個家是老婆婆在管理，卻沒有任何人曉得新和哥哥住在裡頭。」

仁科不間斷地講完，呼出長長的一口氣。

「這明顯是一樁殺人未遂案，我想找出凶手，並且弄清楚新的眞實身分，幫他找到家人。」

飛山明明沒在看任何東西，眼珠卻轉來轉去。他左手按在臉頰上，右手食指不停咚咚敲著桌面。

「聽起來，他們生活的環境異常封閉……怎麼有種新興宗教的感覺？」

仁科說了聲「其實……」後，挨近飛山，似乎想吸引他的注意力。

「新和他哥哥，從小就被灌輸他們是『神明』這種想法。」

「我還眞的猜對了。如果牽扯到宗教，不小心一點恐怕會出大事。」

「我一開始也想過可能是新興宗教，不過仔細問過新後，得知他們家裡只有佛壇和佛像，沒有新興宗教常見的那類奇特活動……所以，我不敢肯定。」

飛山忽然說「欸，等等」，手指按住下巴。

「你剛剛是不是提到『他的哥哥』？」

「對，新說有個叫『眞』的哥哥。」

「這個哥哥現下在哪裡？」

「原本兩人是一起住在叔叔家，不過掉落在帆布上、被發現的只有新。哥哥……還不曉得，可能被丟下橋時，只有哥哥跌進河裡遭流水沖走，也可能仍在叔叔家。我調查過，目前橋下的那條河，並未撈到任何屍體。」

飛山伸出食指指向我。

「有沒有可能是哥哥和叔叔貪圖保險金，聯手殺害弟弟？」

仁科忽然不講話了。飛山雙手在胸前交握，兩隻大拇指不斷相互輕彈。

「假設新沒撒謊，依我的經驗來看，基本上全世界應該都一樣，人會去殺害另一個人的動機，通常都是因爲錢。」

他的話中全是我聽不懂的詞彙，不過這一句我懂。他錯了！

「哥哥不會殺害我！」

我想傳達內心強烈的情感，拚命搖頭。

「哥哥雖然愛惡作劇，但絕對不會傷害我。奶奶也常叮嚀我們不可以吵架。而且哥哥很小，根本不能欺負我。」

「很小？什麼很小？」飛山偏頭問。他聽不懂我的意思，我不禁感到不耐煩。

「哥哥，很矮。就像這張桌子。」

我踢了桌底一腳，裙襬瞬間高高揚起。飛山揮揮右手說「少來了」。

「怎麼可能只有那麼高？又不是幼稚園的小朋友。」

「哥哥，很矮。」

我踢了桌底好幾下。

「……難道是侏儒症嗎？」

仁科追問。「我聽不懂你在說什麼！」我朝他大吼，憤怒跺腳。仁科聽了就開始滑手機，給我看相片。

「像是這樣嗎？」

相片中是一個手、腳、身體都十分短小，卻有著成人面孔的孩童。

「不是！」

我抬起腿，輕輕踩了一下仁科的屁股。他的臉立刻脹紅，吞了一口口水。

「欸，你做什……」

「哥哥，只有上面。」

「咦？」仁科的眉間出現皺紋。跟奶奶不一樣，他的皺紋一下就消失。

「……只有腰部以上的意思嗎？」

「我，沒手。哥哥，沒腳。」

就是這樣。我又強調一次。

「我們不像外面的人類，身上掛著一大堆東西。雖然都是有用的東西，但奶奶說我們是神明，所以才沒有。」

仁科和飛山彷彿嘴巴忽然失去功能，安靜下來。他們應該「一眼就能看出神明」，表情爲什麼這般困惑？「喔咿～喔咿～喔咿～」的尖銳聲響接近，又逐漸遠離。仁科告訴我那是載送受傷的人，叫「救護車」的重要車輛。

「我說呀，新。」

飛山開口了。

「接下來的問題可能不太禮貌，但你出生時就沒有雙臂嗎？」

「應該是天生的。廣島的那家醫院，診斷他先天缺少上肢。」

飛山明明是問我，仁科卻搶先回答。「嗯——」飛山伸手搔搔頭，發出像是貓生氣時的聲音。

「難道是爲了讓這對身體殘缺的兄弟遠離世人目光，才把他們關在家裡，悄悄扶養成人嗎？這種軟禁孩童的事，最晚可能到昭和初期還有，但新才二十歲吧？他爸媽到底在想什麼？」

「我沒有爸媽。」

飛山望向我。

「我和哥哥，沒有爸媽。」

「……是去世了嗎？」

「我和哥哥是神明，是在某個晴朗的日子，從天上降臨。奶奶說，神明沒有爸媽。」

「這實在是……」飛山雙手抱頭。

門突然開了，一個人闖進來。那男人衣服的顏色猶如黃鸝的金龜子，他看見我們，脫口而出「啊，抱歉」，後退一步。

「我沒注意到有人。我晚點再來。」

金龜男正要走出去，仁科喊住他。

「等一下。原田，你現在有時間嗎？」

「咦？啊，有。唔，還行。」

這個聲音我有印象。我在家裡的走廊上聽過。金龜男側眼瞄著我。

「兩個月前，我們不是在四國的民宅借住過一晚嗎？那時我們是不是沒問屋主的名字？」

「你是指老婆婆的名字嗎？」

「不是。老婆婆只是管理屋子的人，我是指屋主的名字。我記得問過，但想不起來……」

「不好意思，我一點印象也沒有。」

這個男人就是和仁科一起借住我們家的人。

「我只記得有好多野豬，還有弒子村……」

「弑子村？」飛山歪著頭發問。

「在回程的計程車上，我們說是雜誌寫手，司機不是問我們是不是來採訪弑子村嗎？當時我還在想這名字有夠嚇人。」

弑子村、弑子村……飛山念念有詞，突然驚呼「我想起來了」，使勁敲桌子一下。磅！好大一聲。

「以前我朋友採訪過那裡。將近三十年前，我還是新聞記者……沒錯，那的確是在四國。」

三人交談時，聽不懂的話語有如橡膠球在各處彈跳著。我不懂。我不懂的那些事物，搞得我腦袋好亂，再也沒有空隙容納任何東西。

我閉上眼，把吵雜的聲音趕出腦海，專心想著渴望回去的那個家。如果在家裡，閉上眼只會聽見蟲鳴鳥叫。待在這裡，四處都是成群結隊、叫聲刺耳的烏鴉，實在讓人沮喪。

☆

大概是今天去出版社累壞了，新一回公寓就跑到房間角落坐下，靠在整齊摺好的棉被上。我問他肚子會不會餓，他只搖搖頭。

上完廁所出來，看到新把頭埋進棉被裡，嚇我一跳。起初，只要他出現匪夷所思的行爲，我會一一追問理由。後來，我發現要把每件事都轉化爲文字敘述，會造成他的壓力，便不再詢問他爲什麼這麼做，自行設法推理。他的思考邏輯和行爲很像小孩子，凡事只憑著一股衝動，極其單純。棉被裡黑漆漆的，也能阻隔聲音，他或許是想找個安靜的地方待著。

既然如此，得避免發出聲響、放音樂或開電視。仁科放輕動作，慢慢坐上椅子，取出筆記本。其實直接存進電腦比較方便，不過敲打鍵盤的聲音可能會吵到新，而且寫在紙上更容易整理思緒。

後天要再跑一趟四國。這次不帶新去。因爲目前凶手可能是誰、人又在哪裡，還完全沒有頭緒。新和哥哥似乎是在叔叔家附近的另一幢屋子裡生活，至於那屋子的所在地，新只說從跟奶奶一起住的家搬過去時，「坐車坐了好久」。如果他的敘述可靠，近一點就是在隔壁市鎭或村落，遠一點就是在鄰縣，如果途中經過高速公路或大橋，也可能是到了廣島或岡山。

萬一「叔叔」就是凶手，帶新過去，等於自投羅網。他是在睡著時被丟下橋，可見對方確實有殺意。如果發現他還活著，搞不好會再次動手。

新的腳趾非常靈活，寫平假名流暢無礙，我便請他嘗試畫出叔叔的長相，希望盡可能增加一些線索，但看來他對畫畫一竅不通，那張圖像是幼稚園小朋友畫的，只能勉強看出一個人形，完全沒有參考價值。唯一得知的訊息是，叔叔是個子比新矮的男性……此外就沒有了。

拜託警方是不是比較妥當……？這個念頭在我腦中浮現無數次，又沉進心底。現在一切都仰賴新的記憶，既不曉得之前照顧兩兄弟的叔叔家在哪裡，也不知道叔叔的姓名，情況十分特殊。兩兄弟被叔叔接走後，生活在六張榻榻米大、有兩個房間的地方，白天會從外面上鎖出不去，窗外的草木茂密形成一圈圍籬……儘管新的描述相當具體，警方依然可能判斷叔叔和哥哥全是實際上不存在的「幻想」。

畢竟我自己也一樣，如果不是曾在那個下雨天借宿老婆婆和兩兄弟的家，如果不是曾遭受他們的惡作劇，如果不是後來廣島的醫院找我過去，如果不是親身與名叫新的這個人相處過，恐怕沒辦法相信這一切。

從廣島回東京時，新纏著我哭喊「我討厭這裡」，「不要丟下我」。這世上見過新住院前模樣的，只有三人——新的哥哥、叔叔，以及僅僅借宿一晚的我。叔叔有企圖殺害他的嫌疑，哥哥也不曉得是敵是友，甚至現在還生死未卜。考量到一切情況，新能依靠的對象，只剩下我。他又是在十分封閉的環境中長大，單純得宛如一張白紙，絲毫不瞭解這個社會，我實在沒辦法丟下他不管。

「新」歷經奇特的生活環境，而我想瞭解這個人的根源，以及成長經緯。我想幫他找到家人，還有……我盼望能揪出他口中的「叔叔」，讓「叔叔」接受法律的制裁。

領養新是衝動之下的決定，但我並不後悔。我認爲這是一種緣分。不過，從廣島回東京的路上，實在是吃盡苦頭。新害怕擁擠的人潮，一看到車站票口前人山人海的情景，他杵在原地動也不動，不停掉淚說「我不想去那裡」，還失禁了。如果搭高速巴士，乘客人數是固定的，總該沒問題了吧？不料，他瑟瑟發抖，說「有許多外面的人類坐在附近，好可怕」。我眞的沒轍了，只得租車開高速公路回去。

對新來說，之前坐車從老婆婆在的那個家搬到叔叔家的記憶似乎十分愉快，他並不排斥汽車。現在白天乘客稀少時，他也敢坐電車了，往後可能連人群都能逐漸習慣，只是當時沒有時間等他慢慢習慣。

新沒有衣服可穿，我去醫院附近的量販店採買T恤、棉內褲和拖鞋給他。考量到他身材瘦削，買了S號，但還是太大。

我告訴新在高速公路上要繫安全帶，他抗議「綁這個好難受」，怎麼都不肯答應。就算我耐心說明這是出於安全所需，他仍繃著臉搖頭。如果繼續堅持，他不僅可能會哭出來、失禁，或許還會抓狂，我只好投降。於是，新躺在後座望著窗外的景色，靜靜度過整段車程。

晚上我們在高速公路的休息區停下幾次。每次新都會衝到外面。我只教過一遍開關車門的方法，他就能用腳趾靈活自如地打開。

起初，新像脫韁野馬在停車場狂奔，差點被撞到，好多車主猛按喇叭，我嚇出一身冷汗。不過，學到一次教訓，發現這樣「很危險」之後，他就知道要先確認左右是否有來車。

我們出門時，新不會去商店或廁所，總是跑到高樓旁的公園，在樹下緊緊貼著樹幹。看到他的舉動，就能體會到他內心的不安。

他在害怕、抗拒新事物的同時，也逐漸對一些東西萌生興趣。譬如，他會一直觀察自動販賣機，還會站在買飲料的人背後一直盯著對方。

新相當引人注目。他的臉很小，鼻梁又挺，細長眼睛的形狀十分漂亮。白皙肌膚搭上一頭烏黑長髮，就算穿著男裝，多數人仍會以爲他是女性吧？我注意到不止一次有年輕男子的目光停留在他身上，隨即尷尬地轉開。因爲發現他沒有雙臂。也有一些男性彷彿想確認看到的事實，在新的周遭不自然地徘徊，希望弄清楚他到底有沒有兩隻手臂。

新敵不過睡魔的侵襲，幾度短暫睡著半小時左右。終於抵達東京，已是早上六點多。我先去還車，再和新一起搭計程車回家。這個時間，車站和電車裡應該都很空，但我實在不認爲新有辦法搭電車。

透過計程車的車窗，新凝望著東京的街景。

「這裡，好糟糕。」

新脫口而出。

「這裡，眞的好糟糕，讓人不舒服。」

他一直生活在深山裡，完全與自然環境隔絕、只有馬路與建築物的街道，當然怎麼看都不順眼。

踏進仁科的公寓後，新的神情緊繃，眼神恍惚地縮成小小一團，挨在牆角。就算仁科要他過來房中央，他依然在角落一待就是半天，連動也不動。仁科在桌旁開始吃買回來的便當時，他才好不容易願意離開角落。仁科猜想……新大概是餓壞了，沒想到他卻剩下半個便當，還哭著說「不好吃」。

「白飯感覺就是用放了很久的米煮的。我想吃奶奶煮的美味白飯，還有燉芋頭。」

新哭得沒完沒了，但仁科從未認眞煮過一頓飯，只能試著去百貨公司樓下買熟食，總比便利商店的便當好些。不過，一直這樣下去花費太高，到頭來仁科仍得自己煮，這可是大學畢業後頭一遭。只要是仁科煮的，新就會吃，不管菜肴的味道和外觀再糟糕，他也不會抱怨。

剛到東京時，新就像一條跑到陸地上的魚，總是無精打采，令仁科暗自擔憂。不過，自從他開始吃東西，開始好好睡覺後，便逐漸恢復精神。

新討厭外面，仁科要出門工作時，就把他留在公寓裡。新似乎在叔叔家看過電視，但他的評語是「外面的人類好吵，眞不舒服」。仁科原本打算教他用電腦，可是他抱怨「眼睛會閃來閃去」，便再也不看一眼。

新唯一感興趣的是攝影集。由於工作的關係，仁科家裡有許多攝影集。有一天回家後，看到地板上凌亂散落著無數攝影集，仁科以爲有小偷闖進來，簡直嚇壞了。不過，這種驚魂劇只發生過那一次，自從仁科拜託新「看完要放回書架」，他就不曾再亂丟。

新經常翻閱國外的時尚雜誌，或是有青春偶像或寫眞女星的人像攝影集。

「這個好。」

新用腳翻開的是一本國外時尚雜誌，金髮模特兒身上穿著輕飄飄的長裙。

「很好，眞好。」

雖然那是女裝，不過每個人的喜好原本就不一樣，於是仁科只應了聲「是啊」。新包含內褲總共只有兩套衣服，兩天後發現他的衣服不夠了，「我要去幫你買衣服，你要一起來嗎？」仁科不抱希望地詢問，沒想到他一口答應。

新在擁擠雜亂的街頭及眾多人潮中皺著眉頭，看來還是不喜歡，但一踏進快時尚店家，那張寫滿厭煩的臉霎時亮了起來。店裡有許多人頻頻瞄著新，他倒是絲毫不介意，逕自走到長裙前，跺腳說「這件好」。

「這是女生穿的，沒關係嗎？」

「男生和女生，有什麼不同？」

新至今生活的世界裡總共只有三個人，而且女性只有那位老婆婆，沒辦法理解女裝和男裝的差別也是情有可原。對於男女有別這件事，要武斷地說「就是這麼回事」或「當然不一樣」是很簡單，不過他八成會繼續追問「爲什麼當然不一樣」。

我遲疑片刻，決定這麼說明：「男性的身材比女性高大，服裝是配合這一點製作的。」

「這樣啊，那只要穿得下就行了吧？」

我沒辦法說不行。「衣服可以試穿。意思就是在購買前，可以先試試穿起來如何。你去試穿看看吧。」我才剛講完，新就直接坐到地上，靈活地脫起身上的運動褲。

「不、不能在這裡脫，有專門給你換衣服的房間，我們先過去。」

半裸的新，露出不可思議的神情問：「是這樣嗎？」

「不能在大家面前脫光。」

「爲什麼？」

「因爲很丟臉。」

「貓和猴子也不都是裸體？」

面對這個問題，我一時不知道該怎麼解釋。

「就算你覺得沒差，旁邊的人看到會很尷尬。」

「你也很尷尬嗎？」

在新直率的目光中，仁科的內心泛起一股羞恥感，點點頭。新身上的褲子脫到一半，又站了起來，詢問：「要去哪裡脫呢？」

仁科在試衣間外面等，可是新出聲呼喚「這要怎麼穿」，只好進去幫忙。

長裙簡直是爲新量身打造，非常合適。新的面貌姣好，不化妝也很漂亮，再加上身形苗條，一穿上長裙，看起來就像是迷人的女性。新在試衣間裡往左邊轉、往右邊轉，不停轉來轉去，開心地望著搖曳的裙襬。

「你的頭髮長，穿裙子可能會被誤認爲女生，沒關係嗎？」

結帳前，我最後一次確認新的意願，他卻回答「這有什麼關係」，一副連哪裡有問題都沒辦法理解的樣子。

碰！關門聲令我回過神，才發現自己握著原子筆發起呆。新不在棉被旁，只有衣服像蛇蛻下的皮一樣留在地上，應該是去洗澡。

新第一天來家裡，我幫忙他洗澡時，再次看過他的身軀。除了沒有雙臂，並無任何奇特之處。圓潤肩膀到側腹以柔順的曲線相連，絲毫沒有雙臂的痕跡，彷彿打一開始就不存在。

如何看待這樣的外觀是個人喜好問題，但我深深為新的美麗讚嘆。我看見的新，宛如一尊優雅的雕像，每一道線條都是藝術家理想中的美，甚至令人不由得懷疑神是刻意創造出這個形體。在我眼中，新的身軀就是如此完美無缺，太過神聖，以致幫新洗澡，要觸碰到他的肌膚時，手都不自覺顫抖。然而，我同時也感到害怕。這是「正確的」嗎？前女友曾評價我是對殘缺人士情有獨鍾。我會認為新「很美」，只是這種偏好萌生的感受嗎？我不禁有些擔憂，卻又告訴自己絕非如此。如果稱讚米羅的維納斯像很美，不會有人批評你熱愛缺陷美。不存在的雙臂能夠激發人們的想像力，而且正因少了雙臂，才催生出視覺平衡上宛若神祇的氣度，使全世界都成為那尊女神的俘虜吧？

後來我發現只要先調好水溫，新就能自行洗澡，便沒再幫過忙，也不曾積極詢問他是否需要協助。儘管我認為這分憧憬是正確的，心底依舊覺得不應該大辣辣地直視自己偏愛的美好事物。

突然響起的手機鈴聲打斷我的思緒，螢幕上顯示的名字是「飛山」。畢竟他是總編輯，儘管我存有他的電話號碼，但他親自打來可能是頭一遭。難道先前交出去的相片出問題了嗎？我不禁擔憂，立刻接起電話。

「喂，仁科，是我～」

飛山那邊似乎人很多，背景聲音十分嘈雜。

「你中午時不是提到弒子村嗎？」

不是我提的，是原田隨口講出他還記得的事。

「我一直放在心上，便聯絡以前的朋友問了一下。關於那件案子的資訊，上網搜尋大致都找得到，可是他說當時有一件事沒辦法寫進報導。」

我被他故弄玄虛的語氣牽著走，脫口問：「什麼事？」

「那個接生婆並未殺害全部的嬰兒，只對明顯有缺陷的下手。那座村落接連生出許多肢體殘缺的孩子，所以其中有一些是孩子雙親的請託。」

難道是爲了避免新和哥哥慘遭毒手，才將兩兄弟關在那屋子？不對，如果不希望孩子被接生婆殺害，一開始不要請她接生就好了。

「你最近會去四國一趟吧？我明天也要去福岡參加親戚的葬禮。看來新的事牽涉到許多複雜的問題，我怕忘記，趕緊先告訴你。」

「我知道了，謝謝您特地打電話來。」

飛山沒有回應，該不會已掛掉電話？不對，依然聽得到手機彼端嘈雜的背景聲。

「如果相信新的描述，表示他差點死在某人手上，對吧？我不曉得你打算怎麼追查，但如果要調查那一帶，可能會遇到凶手。」

儘管我早有心理準備，聽見別人的提醒，又替這層風險增添了現實感。

「要是發現苗頭不對，就別再查了，趕緊閃人交給警方處理。」

結束通話後，我忽然陷入一陣恐慌。尋找凶手不是我的專長。明知危險，爲什麼還要花費錢和時間去找？因爲只有我了。願意爲了新的過去、現在及未來伸出援手的人，就只有我了。

新赤裸著從浴室走出來，溼答答的長髮黏在身上。

「吹頭髮。」

新彎下膝蓋，讓原本夾在下巴和胸口之間的吹風機，在仁科面前掉落。

不問別人是否有空，就大搖大擺地在別人面前坐下，彷彿在無聲催促「快點」。我撿起吹風機，對著新的頭髮吹起來。他的頭髮很長，吹乾要很久。過去的每一任女友，我都不曾幫她們吹頭髮，自然不熟練，只是一旦面對新，「必須幫他」的念頭總會占上風。

基本上，新會打理自己，爲什麼唯獨在這件事上如此依賴別人？我也曾感到不可思議，或許以前都是老婆婆或哥哥幫他吹頭髮吧。

新伸長雙腿坐著，維持低頭的姿勢。濕潤長髮披散在白皙肩頭上的畫面挑逗著感官，感覺像在幫女人吹頭髮，但他雙腿間垂下來的，又毫無疑問是男人的性器官。如果要他洗完澡立刻穿上內褲，他就會抗議「那樣會流汗。睡覺前我會穿上。以前都是這樣」。

我在心裡嘀咕，這可不是你家。不過，反正家裡只有我一個人，在他臉上紅暈消退前，就先不囉嗦了。

吹頭髮時，我都是從髮根往髮梢吹，偶爾不經意觸碰到新的肩膀，便慌忙縮回手指。

原本應該要有的東西，卻不存在。而且，這個不完美的形體確實令我極爲興奮。然而，我從未深思，新對於這樣的視線有何感受。

我曾想過，不曉得新今後該何去何從。即使最後確定凶手就是一直照顧他的叔叔，也成功讓對方俯首認罪，如果找不到親人，新等於是孑然一身。

這男人一個人活得下去嗎？就算他能夠照顧自己的起居，連小學都沒讀過，可能找到工作嗎？現在是我提供他最低限度的生活必需品，但這些原本都得靠自己工作賺錢買，新想過一切並非理所當然嗎？世上根本沒有誰是神明，需要什麼東西，就必須自己賺錢去獲取，他能理解嗎？

好似遭到巨大的浪潮吞噬，儘管理智上很清楚，追查凶手根本不像我會做的事，但腦中一絲「別管這男人了」的念頭都沒有。

指尖輕觸新的肩膀，慌張縮回手時，他卻驀地抬頭望向我。那張美麗的臉龐、那雙清澈的眼睛……彷彿看透我內心的情感，我不禁感到坐立難安。

「你做了壞事嗎？還是正在做？」

新的指責令人幾乎無法呼吸，我不自覺地鬆開手，吹風機掉落在地。暖風轟轟轟轟吹著我的膝蓋。新喊著「掉了，掉了」，瞇起眼睛，笑了。

3

長程客運上只有兩名乘客，除了我之外，就是一名白髮蒼蒼的女人。窗外風景因小雨而略顯模糊。

原本預計下飛機後要先搭電車，再轉計程車，沒想到兩小時才一班的客運剛好來了，我立刻衝上車。這個月有許多規畫外的支出，得盡量省錢。

客運駛進山裡，沿著河岸前進大約十分鐘後，視野豁然開朗。「下一站是不和～」宣告站名的廣播響起，我連忙按下車鈴。

從站牌位處的高地，能望見山麓約有十戶人家。手機沒有訊號，不能用網路查詢地圖。上次就沒訊號了，我怎麼沒記取教訓？應該要先列印出地圖帶來的，我十分懊惱，但現在想這些也無濟於事。既然確定目的地在那一帶，半路再問人就是了。然而，現實不如預期，踏進村子後，沒看見任何人在外頭走動，可能是在下雨的緣故。

我憑著先前上網搜尋時的印象，走到大概的方位。長滿苔蘚的水泥圍牆，裡面有一幢老舊的木造平房……門旁擺著一張簡樸的長椅。

我猜測應該是這屋子，但大門口沒掛寫有姓氏的門牌。裡面屋子的門上或許會有，可是從大門口走進去有二十公尺左右的距離，爲了確認屋主的姓氏擅自闖入別人家裡，實在令人猶豫。我還拿不定主意，靜靜落下的雨絲已濡濕雙腳。

我將遲疑拋到腦後，穿過大門。通往屋門的小徑是柏油路，只不過看起來是外行人鋪的，表面崎嶇不平，凹洞處都積水了。走到一半，拉門喀啦喀啦地打開。

只見一個穿著白色貼身上衣和灰色短褲的男人踏出家門，他注意到我，愣在原地。

「您好。」

我主動打招呼，對方卻默不作聲，僅微微點頭。他的年紀在五十五到六十歲之間，皮膚黝黑。

「請問這是土居先生的家嗎？」

「沒錯……」

「難道您就是土居由信先生？」

「你是誰？」

「初次見面，我是《SCOOP》編輯部的仁科，之前您幫忙寄回相機鏡頭，實在是勞煩您了，謝謝。」

一臉戒備的男人，神情頓時緩和不少。

「哦，是你啊。」

「我剛好到附近採訪，順道過來跟您道個謝。」

「還特地過來，眞有禮貌。你站在那裡會淋濕，趕快進來。」

他殷勤地招手，於是我走到屋簷下，從包包裡取出在機場買的點心。

「這是謝禮……」

「哎，你太客氣啦，眞不好意思。」

我遞出的點心，土居毫不猶豫地收下。

「之前多虧伯母的照顧，她去世了，對嗎？不曉得是否方便讓我上炷香？」

「當然，請進、請進。」

在土屋的招呼下，我進到屋內。玄關約兩張榻榻米大，踏上走廊時，地板軋軋作響。屋內略顯昏暗，跟今天的天空一樣。佛堂就設在進門右側盡頭的房間，裡面擺有一小幀那位老婆婆的相片。啊，老婆婆確實是長這樣。

儘管只是借用上香這個理由進屋，但當時老婆婆願意收留我們，幫了大忙也是事實。我心懷感激地上完香，合掌默想著「新究竟是什麼人」。

「來，喝杯茶。」

土居把茶杯放到桌上，親切地招待我。我原本就有事想請教他，看這氣氛待一陣子應該沒問題，太好了。

「我老婆一早就出門，我不太清楚家中的東西放在哪裡，只能請你喝茶，抱歉啊。」

「不會，您太客氣了。」

熱騰騰的茶，舒緩了我緊繃的情緒。土居的身材瘦削，臉上皺紋不少，但手腳的肌肉似乎都還富有彈性，看起來相當健康。

「今天從早上就一直在下雨，天氣預報說中午過後會放晴，但仍是下個不停。」

「是啊。」

「你待會要去哪邊？」

「我的工作已結束，晚點就要回去。不好意思，我待在這裡會不會打擾您？」

土居哈哈大笑，「下雨天我也沒辦法幹活，頂多睡午覺。」

「之前造訪此地，跟今天一樣是雨天，不小心迷路，天色又暗了。同行的朋友腳受傷，不知如何是好時，伯母伸出援手，讓我們借住一晚，眞的是救了我們一命。」

「我沒問過詳細情況，原來是這樣啊。」土居伸出大拇指摩挲下巴。

「當時我們借住的是小谷西村的一座大宅子，那是您的老家嗎？」

我心裡很清楚並非如此，卻故意這麼問。一如所料，土居搖頭回答「不是」。

「那是山王家的房子。老山王以前從事林業，五十歲左右逝世。一年不到，連山王太太也逝世，就沒人住了。沒人住，房子會慢慢破敗，所以去東京打拚的山王家兒子出錢雇用我老媽照顧那裡。大概是不想眼睜睜看著父母留下的花圃和田地日漸荒廢。那房子和庭院都相當寬敞，我老媽就住在裡面打理一切。」

原來那房子的主人姓「山王」。對了，老婆婆打電話給計程車行時，報上的名字就是「山王」。我想起來了。

去東京打拚的山王家兒子。說不定他是新和哥哥的親戚……甚至可能是父親。

「那房子非常氣派，沒人住實在太浪費。那個兒子待在東京，表示沒有要繼承父親的衣缽嘍？」

「沒辦法，這年頭靠林業或農業是吃不飽的。他比我們的年紀大一輪，腦袋很聰明，他爸媽便送他去讀大學。」

土居連我沒問的事也一併說了，約莫原本就十分健談。

「但他不久前過世，那氣派的房子也就拆了。」

我的背脊倏地一涼。

「呃……您說誰過世？」

「山王家的兒子啊。我老媽去世時，他還來參加葬禮，說很感謝我媽長年的付出，禮數相當周到。後來不到一個月，聽說他也死了，我眞的好驚訝。」

那房子的主人過世了。千里迢迢來到這裡，終於找到一個可能是新的親戚，這一線曙光卻轉眼熄滅，我不禁愕然無語。「長年的付出」這幾個字背後，包含著對老婆婆照顧兄弟倆的謝意嗎？除此之外……

「房子是在那位先生過世後才拆除嗎？」

「對。」

「那麼，是有親戚繼承後，決定拆除嗎？」

方才口若懸河的土居忽然默不作聲。這不會是……不該問的問題吧？

「那天借住時，我覺得那房子挺氣派，拆掉實在可惜。」

「這件事有點怪……」

土居壓低聲音。

「老山王表姊的女兒，名叫春世，曾抱怨不曉得是誰擅自拆除那房子。山王家兒子過世未滿七七四十九天，就把房子拆了，實在有夠狠心，眞無情。」

原來山王家過世的兒子有一個堂姊，線索還沒斷，仍有一線生機。

「老山王也有一個女兒，是大美人，不過很年輕就病逝。兒子結過兩次婚，兩次太太都早逝，沒能生下小孩。兒子過世時，春世曾打電話來，人滿好的。那天，她說親戚都不願意出錢辦葬禮。我想春世並不是特地打來抱怨，畢竟她也拿錢出來了，只是山王家兒子留下的房子忽然被別人拆掉，她一定氣壞了。」

從土居的話中，隱約可窺見鄉下特有的那種純樸又錯綜複雜的人際關係。他伸手取過桌上的香菸，點上火。

「山王家兒子在東京的農林水產局工作，老山王經常誇他這個兒子。兒子應該存下不少錢，但似乎全轉送給別人，即使春世詢問律師，說自己出了葬禮的費用，律師仍一個字都不肯透露。兩人雖然是親戚，卻不是近親，沒辦法。就算葬禮費用是春世出的，繼承遺產的那個人也不會有任何損失。」

山王、農林水產局……餐廳、飛山……車禍……仁科記憶中被觸及的幾個關鍵字，漸漸兜在一起。

「那個兒子該不會是前陣子出車禍過世吧？」

土居睜大雙眼，反問：

「哦，你怎麼知道？」

「那起車禍很嚴重，電視新聞也有報導，對不對？我記得當時的罹難者中有農林水產局的前任官員，便想到有這種可能。」

土居說「他眞了不起，過世時還掛著一個這麼大的頭銜」，緩緩吐出白煙。

新和哥哥在老婆婆去世後，搬到「叔叔」的家，由叔叔照顧他們的生活起居……不對，新提過最初是叔叔每天到原本的家探望他們，後來才搬進叔叔家。

在老婆婆之後，叔叔受託負責照料兩人。他應該和老婆婆一樣，會定期收到「酬勞」吧？不過，前任農林水產局官員過世後，恐怕就沒人付錢給叔叔，兩兄弟成爲拖油瓶，所以叔叔殺害他們？

不對，沒有理由殺他們。根本用不著特地殺人，只要把他們載到深山裡丟棄就行了。叔叔和兄弟倆並無血緣關係，只要說沒有酬勞便沒有義務照料他們，應該不會被判刑？反倒是動手殺人，往後一輩子都要活在可能被捕的陰影中。

那叔叔爲什麼要殺害新呢？只有一種可能，兄弟倆活著會對他造成不利。

爲什麼會對他不利……？假設新和哥哥眞的是那名農林水產局前任官員的兒子，那麼在官員過世後，兩人應該會獲得龐大的遺產吧？

「叔叔」是爲了搶奪遺產，才想要殺害新？下藥讓新昏睡，再從橋上丟到河裡，選擇的方式十分粗糙，彷彿屍體遭人發現，他也不在乎。那哥哥呢？哥哥在哪裡？該不會哥哥也遭到毒手？如果哥哥被殺，爲什麼沒和新一起被丟下橋？

「是詛咒吧？」

一句話鑽進耳朵。

「詛咒？」

仁科反問，土居揮舞著右手說「沒有、沒有」。

「沒什麼事。」

雖然好奇，但仁科不確定該不該繼續追問。

「對了，借住小谷西村的那房子時，老婆婆提過自從山上的祠堂損毀，村裡有許多人生病……」

仁科繞個圈子，延續方才的話題。

「小谷西村，那裡真的不太行。那一帶有問題。」

土居不屑地應道。

「是這樣嗎？」

沉默片刻，土居才吐出一句「相關人士全死了，應該沒關係吧」，瞇細雙眼看向仁科。

「小谷西村自從發生山崩、祠堂損毀之後，不分老少，很多人病死。」

然後啊……土居繼續往下說：

「那些生病或去世的人，又以獵戶家最多。小谷西村的神社供奉野豬神，那些獵戶平常卻會捉野豬，於是出現一個傳言：神明生氣了。老山王的兒子，他太太是獵戶家的女兒，性格很好，結婚不久就過世了。十年後，兒子又娶過世妻子的妹妹，沒幾年她也上西天。那個獵戶家裡，父母在六十歲左右相繼生病離世，兩個女兒死後，家裡就沒人了。有人懷疑山王家兒子是娶了獵戶家的女兒，受到詛咒牽連，才會遇上那種大車禍。」

詛咒是不存在的。我在老婆婆家裡，看到一個從接近地面的高度伸出手、違背正常身體結構的人，嚇到快哭出來。不過，如果那是新和哥哥在偷看客人的房間，一切就解釋得通。只是在明白箇中緣由之前，我沒辦法接受眼前單純的事實，擅自認定那是「鬼怪」，自己嚇自己。

只有那塊土地上頻頻出現病患，而且集中在獵戶家，想必有什麼特殊緣由。不過，那並非我現在想知道的事。

要找出疑似搶走農林水產局前任官員遺產的「叔叔」，必須先與名叫春世的堂姊見面。她知道官員雇用的律師是誰，或許能夠找到有關「叔叔」的線索。不過，今天名義上只是來「致謝」，開口詢問春世的聯絡方式，會顯得很奇怪。該怎麼自圓其說……我實在想不到什麼好理由。

坦白告訴對方，我可能認識農林水產局前任官員的兒子？不，別透露比較好。這裡是鄉下，事情恐怕會在經過渲染後，一口氣在鄉里間傳開。如此一來，不知身在何處的「叔叔」聽聞這件事，難保不會再次對新下手。

喀啦喀啦……玄關有聲音響起。土居說「大概是我老婆回來了」，伸長脖子張望。拉門開啓，一張女性的臉龐出現在眼前。

「剛才看到一雙陌生的鞋，我就猜家裡有客人。」

女人與仁科對上眼，露出和煦的微笑。

「我上次不是寄還一台相機嗎？就是那位先生。他過來謝謝我，順便幫老媽上個香。」

「啊，那位記者先生。」

仁科連忙說「打擾了」，低頭致意。

「他剛好又到附近採訪。」

「哦……對了，老公，西田家的老二想請你幫忙看一下牽引機，他家和我們家是同一型。」

「他很急嗎？」

「我不曉得，你打電話問問。」

土居發出嘿咻一聲站起，走向擺在房間角落的家用電話。看來差不多該告辭了，可是還沒問到春世堂姊的聯絡方式，我暗自著急。這時，土居的妻子在對面坐了下來。她的臉型細長，眉眼下垂，年紀約莫和土居相仿，落在五十五到六十歲之間，身上的黃色T恤領口發白，已洗到鬆垮。

「你從東京來？」

「對。」

「我前陣子在區公所看到書上介紹野豬神社，後來外縣市的觀光客就變多了。」

「啊，這樣……嗎？」

「你這次的文章會出現在哪本書上？」

採訪是我編造的藉口，又不能坦白說是專程來找他們的，還有什麼……其他的理由……？

「是舊案子的特輯，關於三十年前小谷西村的接生婆那件事……」

我脫口而出，土居太太一聽，神情立刻繃緊。

「啊……那件事。」

提這個話題不太妙嗎？我不禁懊惱，剛才應該找其他藉口。「老婆……」土居的聲音響起。

「西田家的老二有點急，我去瞧瞧。」

目前這個氣氛，我不適合再待下去。

「我也該告辭了。不好意思，打擾您們這麼長的時間。」

我站起身。土居說「哦，你再多待一會也不要緊」，聽起來是真心話。

「你打算怎麼回去？」

土居太太詢問仁科。

「應該是搭客運。」

「客運還要兩小時才會來，我開車送你去車站吧。」

她過於親切的提議令人惶恐。

「啊，沒關係，我叫計程車就好。」

「計程車開到這裡也要一段時間，我正好想去超市一趟，順路。」

「你就讓我老婆載吧。」土居加入勸說的行列。這樣……好嗎？我有些遲疑，但情況似乎不容許我拒絕。實際上，這樣方便許多，於是我決定接受兩人的善意。

他們家的白色輕型卡車不僅表面多處生鏽，車門上還有凹痕，我爬上副駕駛座。坐在駕駛座上的土居太太嫻熟地換檔，這是近年少見的手排車。每次刮下前車窗的雨珠時，雨刷都會發出痛苦的唧唧聲。

剛上路時，土居太太都不講話。沉默的氣氛太難熬，我只得主動搭話「之前真是多虧老婆婆的照顧……」，她回答「我婆婆的確很熱心」，總算開啓對話。

不過，隨即又陷入一片寂靜。我傷透腦筋，努力找話題：「上次過來時，是要找小谷西村的山中溫泉，不小心迷路。」

「弒子村。」

土居太太依然望著前方，輕輕吐出這幾個字。

「弒子村，這次會是怎樣的報導呢？」

她的聲音有點僵硬。

「啊，那個……目前還在蒐集資料的階段……我只知道那件事鬧得很大……」

身旁傳來一聲嘆息。

「當時妙子阿姨慘遭眾人辱罵是惡鬼接生婆，她都過世了，還要受人撻伐嗎？」

原來犯案的接生婆名叫妙子。要是隨口回應，可能會露出馬腳，於是我打安全牌說「我們並沒有這個意思」。

「那個時候，報紙和電視新聞都肆稱她爲『雙手染血的接生婆』、『四國的虎姑婆』，引發軒然大波，但事實根本不是這樣。」

土居太太的話聲越來越大。

「妙子阿姨的女兒名叫福子，是我的同學。我們感情很好，但發生那件事之後，她們在村裡待不下去，只得全家搬到大阪。」

小谷西村與這裡——不和村，距離很近。有人認識那起案子的相關人士十分合理。

「福子曾向我抱怨，村民太奸詐，將所有過錯推到媽媽一個人身上。妙子阿姨的確下手殺害那些嬰兒，但都是嬰兒的雙親拜託她的。」

「拜託她？」

「如果你要寫弒子村的報導，可以把事實寫出來嗎？妙子阿姨殺害的嬰兒，都是他們父母拜託她的，你願意這樣寫嗎？」

「嬰兒的父母……拜託接生婆殺害自己的孩子？」

「對。」

土居太太肯定地回答。

「全是那些父母自己決定的。他們告訴妙子阿姨，如果孩子有缺陷，就當成死胎，拜託妙子阿姨處理掉。這些事大家都知道，大家都這麼做。可是一出問題，他們竟口徑一致地表示『是接生婆幹的』，把責任推給她一個人。妙子阿姨坦承『我殺害嬰兒是事實』，一句話都不辯解就進監獄了。」

土居太太一口氣講完，不禁嘆息。

「福子告訴我，以前家家戶戶都窮，要是生下有缺陷的孩子，接生婆和父母討論後，會借『死胎』的名目殺害嬰兒。引發騷動前，妙子阿姨確實都是這麼做，但那是為了父母和孩子著想，並非像報章雜誌寫的，純粹為找樂子而殺人。福子當時哭著說，我媽媽很愛小孩，是個善良的人。」

我想起飛山的那通電話。當年採訪弒子村的記者說過，真正殺害嬰兒的是……

「小谷西村那些奸詐的人受到詛咒，生出一大堆孩子，不是有兩個頭，就是多出或缺少手腳。」

光是聽她講述，我的胸口就像壓著一塊大石。土居太太再度強調「希望你們這次能寫出真相」，逼得我只好回應「嗯……是啊」。

然後她便不再開口，或許是不吐不快的話都傾訴完，心裡就舒服了。在沉重的氣氛中，我估算好時機，開口：

「對了，聽說上次我去小谷西村借住的房子被拆了。那建築很氣派，挺可惜的。」

「嗯，是啊。」

「那房子的主人，農林水產局官員的堂姊……我想想……名字是……」

「武田春世？」

「對，沒錯。武田小姐也住在附近嗎？」

「從我們家過去那邊要經過水池。春世人眞的很好，個性又體貼。」

一直想要的「資訊」終於到手。土居太太載我到車站後，還在一張收據背後寫上接生婆女兒的電話塞給我，交代「詳情你去問福子。就說你認識土居久美，她會告訴你更多細節」。

搭最後一班飛機回到東京時，已是晚上八點。等我終於踏進公寓，都過十點了。當天往返四國實在太折了。

新在我的床旁邊鋪好被墊，窩在裡頭睡覺。不過，或許是進門的聲響太吵，他醒了。只見他坐起身，像隻貓張大嘴巴打呵欠。

「我回來了。」

我把包包放在地板，直接往床上一倒。今天雖然很累，但這一趟相當值得，收穫好幾項重要資訊。接下來，要先聯繫前任農林水產局官員的堂姊，詢問她官員的律師是誰……一切或許就能水落石出。雖然在意⿰糹式子村的案子，但那發生在新出生之前，跟這次的事沒有直接關聯。

今天太累，我沒力氣洗澡，只把牛仔褲換成短褲就躺進被窩。疲憊化為重力，拖著身體直往下沉，我想直接閉上眼睛，但還沒……還沒刷牙，要刷牙……

即將失去意識之際，忽然有人搖晃我的肩膀。勉強睜開眼睛，發現新正用右腳跟踩我的肩膀。被人踩在腳下，我頓時怒氣上升，但下一秒就想到新只是以腳代替手而已。

「怎麼了？」

成功達到叫醒我的目的，新便把腳收回去，一直低頭望著我。

「找到哥哥了嗎？」

「沒有……」

「爲什麼沒找到？」

「收集到的資訊不足，不過可能知道你爸爸是誰了。」

「那不重要，哥哥呢？」

一股煩躁感在心底蠢蠢欲動。今天一整天耗費錢和時間，四處奔波、打探消息，頗有斬獲，當事人卻否定一切成果，誰受得了？

「只要知道你爸爸是誰，往後的生活應該會有所改變。」

「聽不懂你在說什麼。我只想趕快回家，跟哥哥一起玩。」

新退化成任性的幼兒，不停跺腳。這是三樓，半夜發出噪音會吵到鄰居。

「小聲一點。」

「我想回家、我想回家，我要回家！」

新瀕臨歇斯底里的狀態。

「拜託你，不要大叫。」

新完全聽不進我的話，我只好把他整個人抱起來，雙腳懸空就不能再踩踏地板，不料他越吼越大聲，還是乾脆抱去外面？但我今天眞的累了，新再瘦仍是個男人，很重。此刻，抱著他的雙手已不住發抖。

我將新往床上一丟，趁他嚇一跳停止喊叫時，也躺上床，拉起毛巾被緊緊蓋住兩人。新終於不再失控大吼，我暗自慶幸他總算冷靜下來，卻聽到他「嗚嗚嗚嗚嗚」地哭了。我實在沒轍，只好緊緊抱住他，將那張臉按在自己的胸口。

維持這個狀態一陣子後，哭聲漸漸轉弱。不過，只要我一鬆開手，新就抽抽搭搭地把臉貼上來。

「我好寂寞。」

新可憐兮兮地說。

「我想哥哥。」

新之前也常說「我好寂寞」或「我想哥哥」，但從來不曾像剛才那樣鬧脾氣，讓情緒一股腦爆發。

「我以爲你會找到哥哥，帶他回來。我一直很期待。」

眞的。新又補了一句。

「我一直等、一直等，結果你沒帶他回來。」

「抱歉……」

我感染到他的情緒，不自覺地脫口道歉。

「要怎樣才能找到他？該去哪裡找哥哥？該怎麼做才好？我不知道能做什麼。」

平常出門工作時，新會乖乖待在家裡，不是睡覺，就是看攝影集。他什麼都不說，所以我也沒留意，或許他一直都感到很寂寞。

「哥哥、哥哥、哥哥……」

「對不起，對不起。」

摸摸新的頭，他的臉便深深埋進我的懷中。我的手從頭輕輕滑到後背……然後是肩膀，光滑的觸感令人不寒而慄。

新的抽泣聲漸弱，終於睡著，發出平穩的呼吸聲。

剛才明明累到快昏迷，新這麼一鬧，我整個人都清醒了。這男人能夠依靠的，只有我。而且新根本不瞭解這個社會，他什麼都不懂，只能等待。因爲不懂，所以滿心期待，甚至無法明白，事情爲什麼沒按照自己的期望發生。原本的期望有多高，失望就有多深。

連毫無關係的陌生人願意領養他，在沒有任何好處的情況下自掏腰包幫他找哥哥，是多麼難得的善意都不懂。

新長長的髮絲披散在床上，感覺既不是女人，也非男人。在新的身上，感受不到性別的存在。就是幼稚，卻又美麗。

一旦確定他父親的身分，並且找到叔叔和哥哥之後，新會怎麼做？他要和哥哥一起生活嗎？從未接受正規教育，肢體殘缺的兩人怎麼維生？新的未來會變成什麼樣？這一點連仁科也無法預料。

上野車站附近一家價格便宜的全國連鎖居酒屋，店內幾乎被中年男人占據，女客一隻手就數得出來。

飛山和對面一名未曾謀面的男子，坐在一桌四人座上。男子的身材瘦削，穿著登山愛好者必備的多口袋背心。從外表看來，他似乎有些神經質，不過那雙下垂眼增添幾分柔和的氣息。白髮不少，年紀應該不小，臉上卻又沒有一絲皺紋，大概和飛山差不多歲數吧。

「等你好久了～」

一在飛山旁邊坐下，總編輯就一把攬住仁科的肩膀，滿是酒臭味的熱氣如龍捲風般凶猛襲來。

「現在都十點多了，今天又是平日，我明天一早還有工作……」

喂！飛山忽然變成發怒的上司。

「只要能探聽到新消息，就會不分晝夜飛奔而來，才是一個記者該有的態度！」

我不是新聞記者，是攝影師。我暗自嘟嚷，卻拿喝得醉醺醺的上司沒辦法，最後是坐在對面的男子好言相勸「小飛，別這麼激動」。

「還沒自我介紹，我叫朝霞，你就是提供弒子村情報的仁科嗎？」

「啊，是的。」

仁科！飛山粗魯地拍我的後背。

「弒子村的報導要由我們家的雜誌來登！」

飛山一喊完，就趴在桌上，像一灘爛泥。一切發生得太快，我無法理解這突如其來的宣言。朝霞又好氣又好笑，低頭看向醉倒的飛山。

「我的職稱雖然是新聞記者，不過現下主要是在我老婆開的咖啡館幫忙。」

朝霞主動開口。

「我以前和小飛待在同一家報社，『弒子村』這樁案子就是我負責的。從你那邊聽到今井福子的消息後，相隔這麼多年，我重新調查了一番，發現幾件有趣的事。我向小飛提起，然後我們已談妥要把這些事寫成《SCOOP》的專欄報導。」

我去四國時，土屋太太主動塞給我接生婆女兒今井福子的聯絡方式。不管與新有沒有關係，我索性請飛山將這項資訊轉給當年採訪弒子村的記者。看來，那個人就是朝霞。

「當時，我不知道提出幾次申請，想跟身爲加害者的接生婆，也就是今井妙子會面，但她總是拒絕，最後就這樣不了了之，我沒拿到新聞版面，今井妙子也在獄中去世了。無疾而終的案子很多，但弒子村一案，今井妙子雖然承認殺人，其他事卻徹底保密，我問不出詳細情況，只能一直放在心底。過了好幾十年，沒想到居然能獲得新線索，我有預感，這百分之百會成爲一篇精彩的報導。」

朝霞的表情充滿幹勁。對於曾擔任新聞記者的飛山來說，《SCOOP》

算是他個人的興趣，偶爾也會刊登對銷量沒多大助益的社會新聞報導。

這是飛山的自由。不過，平日晚上特地找我過來，只是爲了宣布要刊登與我有關的弒子村報導嗎？那不是打通電話、寫封電子郵件，或趁我去編輯部時講一聲就行了……？

「前天去採訪今井福子，她說母親留下一本日記，我實在太驚喜了。那是前年她想扔掉木製衣物櫃時，在裡面找到的。既然母親已過世，事到如今她沒打算交給警方，於是我借回來翻了一下……與其說是日記，那根本是婦產科醫院的出生紀錄。唉……眞是慘絕人寰。」

朝霞說著「慘絕人寰」，嘴角卻帶著笑意。

「日記裡寫有村民的眞實姓名，自然不能公開。你最近在查以前住在小谷西村，先天缺少雙臂的青年的身分，對吧？」

「嗯，對。」

「弒子村的案子和那青年應該沒有直接的關係。從年齡上來看，他是在事情爆發後才出生。不過，我認爲他來自小谷西村這一點，約莫是個關鍵。」

朝霞的兩隻手肘靠在桌上。

「當時我去村裡採訪，『祠堂毀損引發詛咒，大家才會生病』、『全怪獵戶捕捉野豬，才會遭到野豬神詛咒』之類的流言滿天飛。不過，受到詛咒的可能性應該不高。雖然我不會全面否定這種現象。」

朝霞掏出香菸，點上火。這間居酒屋並未禁菸，近年很難找到這種店了。從我剛進來時，就滿屋子煙霧繚繞。

「如果接生婆日記中寫的全是事實，小谷西村出現大量先天性殘缺的嬰兒，時間上的確是發生在祠堂毀損之後，所以我懷疑另有原因。」

「另有原因……」

「像是岡山的人形峠，出產鈾礦。我猜可能是蓋有祠堂的那片山地崩塌，原本埋藏在山裡的物質漏出來，汙染周邊的土地。」

我詫異得說不出話。

「下次我打算帶放射線探測儀，去之前崩塌的山地附近勘查一下。」

新的身體……變成那種形貌或許是有隱情的，但我從未深思可能是什麼原因造成的，畢竟我連他的父母是誰，到底是誰企圖殺害他，都還沒弄清楚。現在有其他人加入，猶如電車切換到一條新的軌道，事情朝我從未想過的方向前進。

「你照顧的那名青年，可能是小谷西村出身的農林水產局官員的孩子，對吧？」

從四國回來的一週內，我就查到農林水產局前任官員的堂姊——武田春世的住址和電話號碼。但我不曉得該怎麼詢問春世，農林水產局前任官員的律師是誰，又不能直說官員可能將自己的兒子關在鄉下老家，雇用別人照顧他們，於是事情一直沒有進展。我把這個困境告訴朝霞後，他笑著回答「很簡單」。

「我們這邊也要請一位律師，就說是農林水產局前任官員兒子的代理人，那麼，對方再不情願仍得出面。」

這種方式確實合情合理，只是下手殺害新的人可能就是那個「叔叔」，要是得知新還活著，他恐怕會再次動手。聽到我的這層憂慮，朝霞只說「新都不要出面就好」，一句話便解決難題。

「對方獲知我們這邊情況的風險確實存在，但什麼都不做，事情不會有進展。就像我放棄追查弒子村一案，導致眞相沉睡多年一樣。倘若需要律師，我有合作過幾次的不錯人選，不如介紹你們認識一下？」

……老實說，在平日晚上接到一通電話就被迫出門，心裡眞的很悶。但跟朝霞談過後，原先我獨自苦惱的問題，似乎全都豁然開朗。

薄透長洋裝底下，黑色內衣隱約可見。長髮披肩、胸部豐滿的寫眞模特兒踩著高跟鞋佇立窗前，回望過來。她櫻唇半啓，神情好似剛睡醒般恍惚迷濛。

漂亮是漂亮，但這種程度的長相，在寫眞模特兒界裡隨便抓都一大把。儘管如此，《SCOOP》仍頻繁刊登她的寫眞特輯，是因爲她在雜誌鎖定的讀者群中獲得的回響特別好。

容貌精緻，氣質卻像清涼飲料水的模特兒越來越多，她卻不一樣，渾身散發著一股性感風情，在雜誌頁面上也能淋漓盡致地展現出來。《SCOOP》編輯部爲她出的寫眞集，銷量遠遠超過預期。大膽直白的性感，最容易博得中老年男性的青睞，是當今時代難得的特質。她今年滿三十歲，日後應該能掛上輕熟女、熟女的稱號持續走紅。

《SCOOP》的女星御用攝影師最近工作繁忙，這件差事就落到仁科的頭上。其實仁科不擅長拍攝女性的清涼照，但工作不容許找藉口，只好在現場嘗試引導模特兒展現出魅力，同時摸索可用的構圖。仁科請模特兒在窗邊走三步，沒想到她忽然膝蓋一彎，摔倒在地。

「妳、妳沒事吧？」

待在附近的女性工作人員趕緊跑過去，模特兒說著「抱、抱歉」就要爬起身，旋即又喊了聲「痛」，一屁股坐回地上。她堅持「我可以拍」，但仁科擔心她的狀況，便先喊停，讓大家休息十五分鐘，也讓她有時間處理腳傷。

最糟糕的結果，就是今天只能先收工，不過剛才拍的相片應該已夠用。

「她不要緊吧……？」

來探班的飛山站在攝影機旁，憂心忡忡地搖晃著身體。飛山是她的忠實粉絲，只要時間對得上，就會來拍攝現場探班。原田曾賊兮兮地說「總編一定對她有意思」，不過仁科知道她的男友是個健美先生，飛山根本毫無勝算。

新原本一直安分地坐在攝影棚角落，忽然起身，慢慢走向窗邊，坐在床上，雙眼緊盯著模特兒剛脫下的那件洋裝。

晚點我要帶新去其他地方，工作結束再回家接他也是一個選項，但今天的攝影棚不在市區，來來回回會耗掉太多時間。新依舊不喜歡人多的地方，不過這次的攝影棚很大，只要他待在安靜的地方，應該不會有問題，於是我讓他一起來。我告訴新拍攝結束前可以去中庭待著，不曉得他什麼時候跑回攝影棚，一直坐在不會干擾工作進行的柱子旁邊。

我事先知會過工作人員「今天有一個朋友陪我過來」。在各種意義上，新的外貌都相當惹眼，許多人頻頻側眼瞄著他，不過他似乎完全不介意。

新用腳趾夾住床上的枕頭，拖向自己。飛山默不作聲地看著新的動作，忽然開口問：「對了，親子鑑定的結果如何？」

出乎意料，新與農林水產局前任官員山王英郎的ＤＮＡ鑑定，進展得十分順利。我聽從朝霞的建議，雇用律師聯繫武田春世，告知「有一名男子可能是山王英郎的兒子。他得知山王英郎過世的消息，並無爭取遺產的意圖，但渴望確定兩人是否眞爲父子，希望您能告訴們，協助山王先生管理遺產的是哪位律師」。

春世詫異地回應「這眞的該確認一下」，連一絲懷疑都沒有，就告訴我們山王英郎的律師大名。對方也在東京，跟我們的律師談過話，便決定進行親子鑑定。儘管有律師介入，但她居然沒懷疑我們是來騙遺產的，實在令人驚訝。

我以為是朝霞介紹的律師手段高明，其實另有原因。

山王英郎在戶籍上確實有一個兒子，不過出生三個星期後就失蹤了。因此，如果有人冒出來自稱是他的兒子，也絕非無稽之談。

親子鑑定需要山王英郎本人的DNA樣本，但他已火葬，DNA早就破壞殆盡，靠遺骨很難鑑定。如此一來，就要由血緣最接近的親戚，山王英郎的堂姊春世代替。目前正在詢問DNA鑑定公司，這樣是否能成功判定雙方的關係。在我扼要說明時，飛山偏頭問：「一個兒子？」

「戶籍上只寫一個兒子，但新不是還有一個哥哥？應該是兩個吧？」

「提交出生證明的只有一人，上面沒寫名字，不曉得是新還是他哥哥。山王英郎的妻子是在從家裡走路就能到的醫院生產，那間私人醫院如今仍在營業，當時的院長也還活著，今天拍攝結束，我就要帶新一起去找他。」

我們的律師查出不少有用的資訊。山王英郎的妻子生產的醫院，也是他幫忙從春世口中問出來。春世和山王英郎的妻子感情甚篤，每次她來東京，兩人都會碰面。她記得山王太太提過「醫院從家裡走路就能到」。

飛山瞥了新一眼。

「嗯，醫生的確很有可能記得新和他哥哥。」

新跪在地板上，湊近床上的那件洋裝，彷彿在嗅聞洋裝的氣味，動作看起來頗像一隻狗。

「你喜歡這種衣服嗎？」

經常跟我合作、年紀五十出頭的造型師主動搭話，新注視著她，聲音緊繃地回答「喜歡」。

「你想披披看嗎？」

新流露歡喜的神情，興奮地問：「可以嗎？」

「只能一下下，直到模特兒回來之前。這件洋裝真的很適合你。」

新當場坐下，用腳趾夾住身上的T恤，一口氣脫掉，露出沒有雙臂的上半身，以及平坦的胸部。造型師說的「披披看」，應該是指穿著T恤直接套上洋裝，但新連裙子也拉下來……全身上下只剩一件白色男性內褲。

「好了，幫我穿。」

造型師的表情十分尷尬，但又沒辦法拒絕一個滿心期待、身上只穿一件內褲的男人，只得勉強幫他套上洋裝。新沒有雙臂，稍微一動洋裝就會滑落，於是造型師替他扣上胸前的幾顆鈕釦。

新在原地興奮地上下跳躍，不停轉圈圈。

「呵呵、呵呵。」

他望著飛揚鼓脹的裙襬，雀躍不已。

「阿爾卑斯，一萬呎高，比槍之岳還～高～」

他甚至唱起歌。

「啦～啦啦啦啦～啦啦啦啦～啦～啦啦啦～啦啦啦啦～」

新邊唱邊跳舞。美麗的面龐，長長的黑髮，看起來就像一名女子，卻沒有乳房。個子高，身材比例好，卻沒有手臂。還有在充滿女性柔美氣息的薄紗洋裝下，隱約可見的白色男性內褲。平常絕對不可能搭配在一起的組合，那奇異的衝突畫面緊緊抓住我的目光。

在我產生任何想法之前，手就動了起來，情不自禁地拿起相機，捕捉新舞動的姿態。工作人員都露出困惑的神情，遠遠望著新。

這段奇特的表演，在新停下動作的瞬間戛然而止。他走近方才幫忙換穿衣服的造型師，直率地表示「我想要，這件衣服」。造型師爲難地回答「咦？

啊……這個……」，視線左右飄移。

「這是拍攝用的服裝，不能給你，目前也還沒正式上市販售。我傳品牌的網址給你，可以直接詢問他們。你有手機嗎？」

新搖搖頭，造型師瞄了我一眼。

「那我傳給仁科……差不多要繼續拍攝了，能麻煩你把衣服脫下來嗎？」

新一臉惋惜，不過還是順從地讓造型師幫忙脫衣服，將T恤和裙子穿回身上。然後，他走近仁科說「我想要，那件衣服」。

「我想要，想要。」

新左右搖動上半身，撒嬌請求。買衣服不是什麼問題，可是新真的會穿嗎？他想在哪裡穿？穿給誰看？我腦中有許多疑慮，終究不敵買新真心想要的東西給他的欲望。

「我再去店裡問能不能買到那件洋裝。」

新臉上漾開欣喜的笑容，高興得跳來跳去。在這股奇異的氛圍中，寫眞模特兒的經紀人回到拍攝現場，表示模特兒的腳痛到站不起來，但還能坐著拍。不過，飛山認爲相片已足夠，不必太勉強，便結束這場拍攝。

仁科和新離開攝影棚，朝巴士站牌走去。白天人少，害怕人群的新也能搭。

有些乘客發現新沒有雙臂，忍不住多看幾眼，但他完全沒放在心上。「外面的人類」會讓新緊張，但周遭投來的目光，他卻沒有感覺，跟在攝影棚時一樣。

我告訴新已確定他是在哪間醫院出生，邀他一同去找醫院負責人談談時，他皺起眉頭問：「那是什麼意思？」

「我是在醫院出生的嗎？」

「應該沒錯。」

「醫院不是外面的人類去的地方嗎？我是神明，才不會在醫院出生。」

在短短幾個星期內，要填補與世隔絕二十幾年的空白，當然是不可能的。更何況，新本人並無意願去理解往昔只有自己、哥哥和婆婆的世界，跟目前身處的現實之間的落差。

面對一個深信自己是無所不能的「神明」的男人，根本不可能說服他。繼續追究這個問題，最後就會變成探討神明究竟存在與否。簡單用一句「不存在」徹底否定神明的存在十分容易，但這樣一來，世上的各種宗教派系，還有奉人爲神的那些歷史，又該怎麼解釋？新堂而皇之地自稱「神明」時，情感上我的確認爲這樣太詭異，卻沒有確切的證據，足以否定或證明他的主張。

「神明也是人類生的。」

這是事實，並沒有錯。不管怎麼說，自封的神明也是人類母親懷胎生下。新側著頭，頻頻疑惑地問「眞的嗎」，無法接受地嘟起嘴巴。

我們在途中轉搭電車，乘客依然稀少，約二十分鐘後抵達東京邊陲的一座小鎭。我驚訝地發現，居然從車站就能望見遠山。此地沒有高聳的摩天大樓，天空開闊。我不禁思索著，山王英郎爲什麼會選擇住在交通並不方便的小鎭……？或許就是爲了這片與鄉下老家相似的風景。

走出車站，坐進計程車後，一報上醫院的名稱，司機應了聲「知道」便出發。

五分鐘左右就到了。那是一棟三層的小型醫院，據說開業已久，不過白色搭配咖啡色的自然風格外牆是現代的設計，看起來很新，大概改建過吧。

如果直截了當地表明「想找院長談話」，百分之百會被掃地出門。因此，我在櫃檯撒了個無傷大雅的小謊：「我朋友在這間醫院出生，平安長到二十歲了。他目前住在偏鄉，這幾天剛好有事來到附近，非常希望能親自向院長道謝，請問方便讓我們見見院長嗎？」

重點是「目前住在偏鄉」，強調改約下次並非一個好選項。櫃檯的女性員工滿臉驚訝地回答「啊，是」，但一注意到新沒有雙臂，她就露出瞭然的神色說「請稍等」，走進裡面的房間。

我們坐在會客區等待，不久女員工回來。「醫生大約十分鐘後過來，請你們在這邊稍等一下。」她帶我們走進一個約六張榻榻米大的房間。這個房間相當符合婦產科的風格，牆壁刷上淺淺的粉紅色，桌子則是白色，營造出柔和的氣氛。

十分鐘後，一名身穿白袍的男人出現。滿頭華髮，臉上有著白色鬍鬚，宛如仙人下凡，年紀應該是八十出頭。

「你好。」

神情沉穩的仙人主動打招呼，仁科起身說「初次見面」，低頭致意。

「我叫仁科，他是新。我是他的監護人。」

「我是院長涉谷，你好。」

涉谷的目光停在新的雙肩上。

「新天生欠缺上肢，我聽說他是在這裡出生……」

面對仁科的詢問，涉谷點點頭，回答「對，沒錯」。

「我想起來了，他確實是我接生的。生產後，媽媽的身體情況不太好，跟寶寶一起轉到其他醫院。之後她沒再過來，我一直懸掛在心上……你看起來過得很好。」

儘管院長主動搭話，新仍一臉戒備，只冷淡地點頭。

「新還有一個哥哥，天生沒有雙腿，他也是在這間醫院出生的吧？」

「沒錯。但第一個孩子不是回家沒多久就失蹤了嗎？」

涉谷表示，他現在將醫院交給兒子打理，過著半退休的生活，只有醫院人手不足時才來幫忙。病患都十分愛戴他，偶爾會有長大成人的孩子來拜訪。講完這段話，他一臉欣慰。

獲得兩人在這裡出生的證詞，也確定當時被申報失蹤的是新的哥哥，仁科想盡量再多得到一些資訊，便拋出一個問題。

「像新和他哥哥這樣天生肢體殘缺的孩子很多嗎？」

仁科裝作只是閒聊順帶問起，涉谷搖頭表示「沒有」。

「四肢的先天性殘缺分成許多種，偶爾會看到多一根手指或腳趾的多指症嬰兒，但在我參與接生的案例中，缺少手臂及雙腿的，只有你們兄弟。現今如果嬰兒還在母體內時就發現有殘疾，我們通常會幫孕婦轉院。萬一出生就需要動手術，我們這樣的小醫院沒辦法處理。你們兄弟還在媽媽肚子裡時，就差不多曉得四肢的狀況，我勸過你媽媽轉院，但她說這裡離家近，還是希望在這裡看診，後來就在我們醫院生產。」

這表示新的媽媽是在知情的狀況下，決心生下他們。涉谷只記得兩人的母親，對父親「沒有印象」。

「媽媽在他年紀很小時就過世了。」

仁科不曉得新幾歲，沒辦法說出一個確切的數字，但根據春世向律師透露的內情，再從土居太太過世的年紀及新的外表推斷，頂多是在新十歲……甚至可能是新一出生她就過世了。

「這樣啊……」

涉谷垂下目光。

「實在可憐……哥哥剛出生就失蹤，媽媽傷心欲絕。當時她想生第二胎，但丈夫告訴她『如果生下來和第一胎一樣，孩子就太可憐了』，表示不想賭。但她真的很愛丈夫，無論如何都想要兩人的小孩。她相信以丈夫體貼的個性，只要小孩生下來，肯定會好好疼愛。懷上你的時候，她還瞞著丈夫一段日子。懷孕二十四週，她才來我們醫院做產檢。一檢查就發現嬰兒缺少雙臂，不過她還是很期待生下你。」

新默不作聲地聽著。老婆婆去世後，知道兩兄弟存在的人……當年負責接生的涉谷醫師，該不會就是先前照顧他們的「叔叔」吧？我曾在網路上搜尋涉谷的照片給新看，他表示「叔叔不是長這樣」。

不過，特地跑這一趟，我仍希望能獲得一些新線索。聽起來，涉谷只是接生兩兄弟的醫師，跟哥哥失蹤和殺害新未遂並無關聯。

山王英郎深受妻子所愛。她說山王是體貼的人，但一個體貼的人會將親生兒子……關在深山的老家嗎？當初哥哥會失蹤，可能是山王自導自演的一齣戲，到了新那一次，他甚至連出生證明都沒申請。

他剝奪兒子受教育、認識社會的權利，讓他們活在深山老家這座牢籠裡，無所事事度日。儘管兄弟倆衣食無虞，但人是無法獨自活下去的，必須和其他人接觸、交流。

唔哇、哈啾！新打了一個驚人的噴嚏，流著鼻水。

「啊啊，請用。」

坐在對面的涉谷熟練地遞出桌上的面紙，仁科抽出三張，按在新的鼻子上。

「流出來了，右邊壓緊一點。」

就算新下指令，我也不清楚該出多少力才好。

「你兩邊都壓住，我怎麼呼吸？」

「噢，抱歉。」

大概是我手忙腳亂的樣子看起來很滑稽，涉谷露出微笑。

「你媽媽是位開朗又可愛的女士……」

涉谷忽然開口這麼說。

「我記得十分清楚，她住院時都會化妝。聽說她丈夫有一個姊姊，長得非常漂亮，不過當時已去世。她笑著解釋，丈夫從小看著絕世美女長大，對女人的容貌挑剔得很。」

新打了個小呵欠……在人前從不掩飾情緒的他，有一張絕美的臉龐，只要安靜不講話，便宛若一尊雕像。新和山王英郎老家的那張舊相片中的女子極爲神似，想必她就是英郎早逝的姊姊。無論如何，山王家的基因在新身上的影響顯著，這是毋庸置疑的。

回程的電車上，肩膀突然有股重量壓上來，是新靠著我，他睡著了嗎？今天先是到攝影棚，接著又去醫院，奔波一整天應該很累，但他居然在電車上打瞌睡，或許這段日子以來，他稍微適應「現實社會」了。

我感受著新的體溫，一邊在腦中整理今天獲得的線索。戶籍上登記的是哥哥，新連出生證明都沒申請。診斷紀錄不可能永遠保存，要不是那位醫師還活著，而且記得過去的事，恐怕無從證明新曾在醫院出生。沒有戶籍，代表沒辦法透過任何管道找到新的個人資訊，等於不存在這個社會。

我全身頓時爬滿雞皮疙瘩。爲什麼凶手會用如此粗糙的手法殺害新？這應該就是理由。即使新眞的死了，遺體遭人發現，也沒辦法辨識身分，因爲他沒有戶籍，而且知道他存在的人，只有父親、哥哥、老婆婆和照顧過他的叔叔。既然父親和老婆婆已去世，只剩下哥哥和叔叔。凶手很清楚這一點，於是脫掉新的衣服，避免留下任何蛛絲馬跡。凶手認爲如果只有屍體，被發現也無所謂，才大膽地從那麼高的橋上丟下新吧？

凶手沒料到的是，那座橋不巧在施工，還有仁科。如果那個大雨天仁科沒去借宿，知曉新的存在的，就眞的只剩那兩人。

回到公寓後，我的心情依舊鬱悶。新一進門，連折疊的墊被都沒攤開，直接像小貓一樣窩在上頭睡著。

我也很累，卻沒辦法跟新一樣像隻動物想睡就睡。我打開電腦，檢查今天拍攝的清涼寫眞。檔案夾裡有幾張新的相片，是我情不自禁按下快門的作品。明明和模特兒穿的是同一件洋裝，在新的身上看起來卻截然不同。差異之大，好比狗和鳥，屬性完全不同。

洋裝、白色男性內褲、新的身體……這種組合十分奇異，我卻從中看見一種美。新的腰很高，腿也長，良好的身材比例徹底展現出洋裝的優點，連缺少雙臂都化爲平衡的美感。

我內心湧起一股渴望與別人分享這些相片的衝動。我想知道自己認爲美麗的事物，映照在別人眼裡會是什麼模樣。

不過，理智上我很清楚，「千萬不可」。眼下最重要的是，當初企圖殺害新的凶手還沒找到。一旦公開這些相片，凶手恐怕會發現新仍活著。

ＬＩＮＥ上有訊息傳來，是原田。雖然工作上經常合作，私底下我們其實很少聯絡。

「今天有一段影片在網路上瘋傳，那應該是你的同居人吧？」

什麼？我疑惑點開他附上的影片連結。

「啦～啦啦啦啦啦～啦～啦啦啦啦啦。」

影片中出現一個穿著薄透洋裝及白色內褲的男人。是新。

「啦～啦啦啦啦啦～」

鏡頭拉近，新的容貌清楚呈現在螢幕上，彷彿在家裡跳舞玩耍，但其實是在攝影棚，十幾名工作人員的面前。

「啦啦啦啦啦。」

歌聲停止的同時，影片播畢。我握緊手機走到屋外，立刻打給原田。電話一接通，我激動地質問：「那段影片，你是在哪裡看到的？」

原田有些慌張，說著「你、你先冷靜一下啦」。

「一開始似乎是有人上傳到影片網站，後來被發布到Twitter上，網友紛紛轉推。Twitter上有看得見長相和打馬賽克的兩種版本，不過最初上傳的影片，什麼都看得一清二楚。」

一定是當時在攝影棚裡的「某人」上傳的。這已違反合約。不對，等一下，新不是寫眞模特兒，只是一般人，就算這樣，他的肖像權……

「Twitter上在瘋傳時，影片網站上的檔案就消失了。但網友已大量分享出去，大家都說忍不住一直盯著看。」

那段影片在Twitter上不斷被轉推，透過許多帳號傳播出去。搭配「#跳舞的阿爾卑斯」這個標籤，新的身影隨處可見。

「這個人是不是沒有手臂？」

「手臂是用ＣＧ技術消除的吧？」

「誰來解答一下，到底是ＣＧ還是眞的沒手？」

「這個人是男的吧？穿女裝也太噁。」

「〈阿爾卑斯一萬呎高〉這首歌，聽起來像恐怖電影配樂。」

「這個人身材很好耶。」

「這段影片會讓人上癮，我一直重複播放。」

「跳舞的阿爾卑斯，他長得好漂亮。」

「他的臉美到讓人害怕，絕對有整過。」

「跳舞的阿爾卑斯，只讓我覺得很不舒服。」

在網路上引發的疑問，沒有獲得任何解答。我逐一查看留言，發現網友已從影片的背景看出是是在攝影棚，也找出洋裝的品牌名稱。大家稱呼新爲「跳舞的阿爾卑斯」，正在設法肉搜他的眞實身分。

太糟糕了……眞糟糕，這樣凶手會發現新還活著。不，可能已發現。

眼前這種局面，眞的不知道該怎麼處理，只能去找飛山商量。仁科坐在階梯上，沮喪地抱著頭。

4

「祠堂的位置嗎？」

白古神社的神主單手接下朝霞遞過去的地圖，「嗯——」地沉吟。

「就在後山，只是聽說之前山崩曾一度毀損，後來才又重建。我擔任神主大約二十年，是更早之前發生的事。」

神主反手遞回，地圖在半空中微微飄動。

「以前祠堂有人參拜，沿途還有田地。這幾年都沒人去，路上長滿雜草，已無法通行。」

十月初的週末，仁科造訪小谷西村，計畫待上兩天一夜。他並非獨自前來，同行的有朝霞和飛山，總共三人。原本這是朝霞爲了調查祠堂周遭安排的行程，仁科與飛山是順便跟來。

朝霞告訴今井福子「我懷疑小谷西村會生出這麼多肢體殘缺的孩子，可能是祠堂周圍，之前發生山崩那一塊區域有問題。」，她便主動將祠堂的所在位置畫成地圖給他。

三人搭計程車來到山腳，年約四十的司機雖然知道有這座祠堂，但他不是村裡的人，並未實際去過，不清楚該怎麼走。

「我不曉得入山口在哪裡，既然在神社附近，去問神主可能比較快。」

在他的建議下，三人決定去白谷神社碰碰運氣，卻聽到通往祠堂那條路無法通行的壞消息。

仁科腦中立刻浮現「下次再來」的念頭，飛山卻積極提議「反正我們時間充足，買幾把鐮刀和鋸子回來，一邊割草一邊上山如何」，活力充沛到令人費解。

「那邊小路很多，容易迷路。如果我有時間就能爲你們帶路，只是白天要進行祈禱儀式……」

「不用、不用，那樣太麻煩您了。」

面對親切的神主，朝霞客氣應答。

「啊，對了。」

神主拍了一下大腿。

「如果從山的左側上去，有一條林道修整得滿好的，或許能通到山頂。雖然稱爲林道，但有些地方坍方，車子沒辦法通行，花的時間會多一點，大概要兩小時。」

比起一邊割草一邊承擔迷路的風險登山，花兩小時走一條直達目的地的林道絕對更實際，我們決定接受神主的建議，選擇繞遠路的林道。神主提醒我們，遇到岔路時，往右邊那座山前進即可，應該不至於迷路。還有，這條林道與國有林相連，要避免離開林道踏入森林裡。

神主擔心山頂的路不好走，甚至借給我們參拜者用的金剛杖權充登山杖，又考慮到天氣變幻莫測，塞給我們幾件雨衣，說反正回程會經過神社，到時再拿來還就好。

面對我們突如其來的造訪，神主無微不至的體貼舉動，令人都要感到歉疚了。飛山悄悄跟我說：「爲這座神社再做一個特輯如何？」

「不過，你們爲什麼要去祠堂呢？」

神主將金剛杖遞給仁科時，開口詢問。仁科老實回答「我們來採訪弒子村那件案子」後，神主的神情隨即蒙上一層陰影。

「聽說發生那件事之後，村裡的人口逐漸減少。不過，山上的祠堂和那件案子有什麼關聯嗎？」

「現在還不確定。可能有關，也可能無關。」

神主叮囑「路上小心」，便目送我們離開。三人帶著齊全的裝備出發。原本以爲平常雖然沒在運動，徒步兩小時應該不是什麼大問題，實在太天眞了。羊腸彎道的上坡路段，對腿部造成莫大的負擔。由於是林道，並未鋪柏油，凹凸不平。我連連絆到腳，差點摔倒，兩旁的樹木越來越高，視野極差，漸漸搞不清楚走到哪裡。這是哪門子的爬山健行？根本是登山等級了。

「我累了，休息一下。」

出發三十分鐘後，飛山停下腳步。仁科走到樹蔭坐下，輕輕按摩著瘦得要命的大腿。飛山全身虛脫地靠在樹上，只有朝霞絲毫不見疲憊之色，舉著放射線探測儀在四周走來走去。一誇「你眞有精神」，他遊刃有餘地回答「我每天早上都會慢跑五公里」。

我想去小谷西村調查祠堂所在的那座山，你要不要一起來？當初朝霞其實只邀請仁科，不過消息傳進飛山耳裡，他就硬要跟。坦白講，飛山不來也無所謂，但他一句「公司會出採訪費用」，便確立這個三人組成的團隊。飛山似乎是體內記者時代的熱血在沸騰，積極投入心力在弒子村特輯上，甚至還說「這次肯定會很有意思」。

看起來很有意思……這麼一想，當時新的事也是如此。新的影片在網路上瘋傳時，仁科拜託飛山不要將模特兒穿同一件洋裝的相片放進雜誌裡，如果大家發現是同一件洋裝、同一個攝影棚，恐怕會有很多人來詢問出版社，凶手也可能找上門。最後，雖然仍有採用在那個攝影棚拍的照片，但挑選的都是半身照，看不清衣服全貌。

「新的影片眞的這麼紅？」

飛山隨意問道。仁科回答「引發很大的討論」，嘆了一口氣。上傳新跳舞影片的，是來攝影棚打工、負責清掃的大學生。他原本只傳給朋友看，沒想到被發布到Twitter，引起網民熱烈轉推。

那些被轉推出去的影片沒辦法處理，飛山總編輯只能要那名大學生刪除手機裡的原始影片，並叮囑他不能洩漏這件事。聽說那名大學生最後被炒魷魚了。從危機管理的層面來看，這是理所當然的決策。新是一般人，萬一今天上傳的是偶像明星或藝人的影片，恐怕會鬧上法院。

「等所有事都告一段落，要不要讓新來當我們雜誌的模特兒？」

「您在開玩笑吧？」

「不是引發很大的討論嗎？大家應該會有興趣吧？」

「啊，等一下，這樣太奇怪了……」

「哪裡奇怪？」飛山實在無法理解。

「是要讓新暴露在社會大眾的目光下嗎？」

「他自己覺得沒問題就行了，不是嗎？」

「但現在是要他主動走進眾人的目光裡。」

面對仁科的質問，飛山雙手交抱胸前，低聲沉吟。

「唔，我不像你和新那麼親近，但感覺上，他應該不在意自己的模樣。」

「咦？」

「新不會遮掩，即使別人盯著他，他也一副若無其事的樣子。話說回來，身爲男人卻高興地穿上輕飄飄的裙子和洋裝，顯然他根本不在乎旁人的目光，不是嗎？」

我無從辯駁。

「可、可是……要是引起關注，不曉得會被怎麼攻擊……」

「爲何你會這麼擔心？不管其他人說什麼，最重要的是本人的想法。新長得超級漂亮，不是嗎？起初我當然有點驚訝，但看久了也就慢慢習慣。而且他身形出眾，又是美人，雖然性別上是男的，卻幾乎感覺不出男人味……也不像女人，感覺是一種新的生物，第三性別的人類。」

聽不懂您在講什麼……我老實回應，飛山不禁苦笑。

「算了，反正等事情結束，你去問一下新的意思。模特兒的酬勞很可觀的。」

若無其事。確實，新對於自己的身體非常坦然自若。畢竟是自稱「神明」的男人。在新的理解中，自己現在的模樣應該是完美的。

飛山坐在樹蔭下，咕嚕咕嚕大口暢飲瓶裝茶後，感嘆「這種需要到處跑的採訪，果然只有年輕時才能做，對大叔來說太吃力」。

「以前眞的是衝勁滿滿。小飛，你也服老啦。」

剛才在四周走動的朝霞回來了。兩人雖然同齡，體力卻是天差地遠。

「我是C型，早就燃燒殆盡。」

我還在疑惑飛山在講什麼時，朝霞主動解釋「小飛採訪過血液製劑引起的C型肝炎」。這件事以前有一陣子常登上新聞，我依稀有印象，但細節不太清楚。

「關於藥品危害的這種案子，不管要證明眞是藥品造成的傷害，或從判決出來到實際領取賠償金，都會耗費很長的時間。」

朝霞感嘆地說。飛山以前一直在追查藥廠與政府勾結的案子，或許就是跟C型肝炎有關。

我們走吧。在朝霞的催促下，一行人再次邁開步伐。儘管最炎熱的季節已過去，三人依然走得滿身大汗。寶特瓶裡剩下的水不太夠，仁科在途經的小溪裝水。

飛山頻頻落後，一看不到人影，仁科和朝霞就會停下等他。

「新的老家裡，那位照顧兄弟倆的老婆婆，應該就是土居由信的母親吧？」

等待飛山的期間，朝霞出聲問。

「沒錯。」

「我問過今井福子，那位老婆婆以前似乎在今井妙子待的醫院當接生助手。」

我驚訝得手裡的金剛杖都滑落到地上了。

「今井福子說，她沒有護理師資格，只能當助手。弒子村那件事爆發時，有些人懷疑那位老婆婆也涉案，雖然今井妙子獨自承擔全部的罪名，但小谷西村很小，流言蜚語自然很多。那位老婆婆明明自己有家，卻住在深山裡的別人家，除了要照顧新他們兄弟，或許也是想避開四周的有色目光吧。」

沒想到新和弒子村居然有這樣的連結。那位老婆婆雖然態度冷淡，卻十分體貼，還拿藥給受傷的原田擦。

「老婆婆知道接生婆殺害嬰兒的事嗎？」

「我不曉得……不過，就算她沒親自動手，應該也知情。」

如果老婆婆知道接生婆殺害嬰兒，那她是懷著什麼心情，長年照顧、養育理應遭接生婆殺害的兩個孩子？……老婆婆已死，再也無從得知她的想法。

飛山總算追上來，嚷嚷著「你們走太快了」，絲毫沒反省自己體力太差，還大言不慚地抱怨。

由於頻繁停下休息，預計兩小時的路程，最後走了三小時，下午兩點多才抵達貌似山頂的地方。腐朽的木棒上寫著「標高五四三公尺」，應該就是這裡沒錯……不過，沒看到最要緊的祠堂。三人到處尋找，終於在一座矮樹叢裡發現樸素的石造祠堂。

飛山嫌棄地說「看起來好詭異」，拒絕踏進距離祠堂一公尺內的範圍。朝霞單手拿著放射線探測儀，頻頻側頭說「眞奇怪」。

「怎麼了？」

仁科探頭看向朝霞手中的那台小型裝置……卻不懂該怎麼讀取數值。

「很正常。」

朝霞皺眉，臉色十分凝重。

「這一帶沒反應。」

飛山坐在有一段距離的地方，一邊擦汗一邊提議「我們往下一點看看」。

「就算山崩時，地底下眞的有什麼『東西』跑出來，也會往下流吧？」

朝霞附和「嗯，也對」，手插腰接著說：

「不過，剛剛路上也都沒有異常，還是必須更靠近才會產生反應？當時的山崩，是往哪個方向崩塌？」

「當然是由上往下。」

聽到飛山等同廢話的回答，朝霞的臉色一沉。現在這裡只有三個人，要是他倆發生衝突，下山的路上氣氛就尷尬了。仁科沿著草叢往下走一小段，仰望祠堂，發現祠堂的正下方明顯比左右其他區域凹陷。那裡恰恰位在三人爬上來的反方向。

仁科走回祠堂，沿著周圍繞。來到左側低頭一望，只見遠處有一咖啡色屋頂，那是一座相當龐大的建築物。正疑惑那種地方怎會有住家，仁科忽然靈光一閃，該不會是白古神社？如果能從後山直接相通的那條路走回去，搞不好很近。

剛剛爬上來大家都累了，飛山的體力又差，既然看得到神社，就算走獸徑應該也不至於迷路。祠堂背後下方五公尺左右，有一泥土地清晰可見，看起來像是路，寬度約莫能容一人通過。這一帶只有那裡的雜草較低矮，露出地面。仁科繞到祠堂正面，注意到與神社同一側，有一條蜿蜒曲折的羊腸小徑。

這就是神主提到的後山小路。雜草並未茂密到影響通行，疑似曾崩塌的地方看起來也不難走。

仁科回到山頂，向兩人提議回程走後山那條路。朝霞立刻興致高昂地附和「在那條路搞不好儀器會有反應」，飛山也贊同「只要能早點回去，走獸徑也無所謂」。

後山小路比上山頂的路更狹窄，也不容易辨識，但從山頂往下走一小段，不難發現這條路似乎有人在整理，雜草有割過的痕跡。

「這條路明明可以走。早知道剛才走這條路上來，肯定快一百倍。」

飛山在後方不停抱怨。

「神主說以前這裡有田，可能有人在整理？」

「那個神主還說現在沒人走這條路了！」

大概是上山那段路太累人，飛山的聲音充滿憤恨。

「我說……哇啊。」

回頭一看，飛山身子歪斜站著，苦笑解釋「我的腳滑了一下」。下山雖然比上山輕鬆，卻會對膝蓋造成沉重的負擔。想到走在後面的飛山可能會摔下來，我不禁憂心忡忡。

經過一段陡峻的下坡路後，來到平坦的地方，走在最前頭的朝霞忽然停下腳步。

「怎麼了？」

「你看，那是什麼？」

小路旁的矮樹叢之間，有個東西在發光，不曉得是什麼。朝霞踏進草叢。

「欸，那邊過得去嗎？」

仁科不放心，連忙跟上。飛山見狀大喊「喂，你們兩個！不要丟下我」，也尾隨而上。唰唰唰地撥開草叢，前進約三十公尺，眼前忽然一片開闊。

只見一座形狀細長、往左右延伸，約六張榻榻米大的池塘。池水沒在流動，水面是綠色的，看不見底。

「這裡怎麼有池塘？」

面對仁科的疑問，朝霞回答「水很混濁，不像湧泉水。難道是從山上流下來的水積，在窪地形成？也可能是人工建造的蓄水池」。

「如果是蓄水池，應該會有不少池水以外的東西聚積在這裡，儀器怎麼毫無反應？」

不管是上山或下山途中，朝霞的輻射線探測儀都十分安靜。「唉……」飛山大大嘆了口氣。

「我從上山時就在想，你說有輻射汙染，該不會搞錯了吧？」

飛山不留情面地提出質疑，仁科在心裡大喊「拜託閉上那張嘴」。

「……你說什麼？」

朝霞回過頭，臉上沒有任何表情。

「話說回來，就算遍尋全日本進行開採，也只有人形峠和幾個地方出現鈾礦吧？怎麼可能因區區一個山崩，就突然冒出一大堆，影響到村民的健康？你該不會是想證明輻射線假說，千里迢迢跑來，現在卻不能接受自己推測錯誤的事實吧？眼界要再放寬點。」

「你認爲我只是想證明輻射線假說，但擺在眼前的事實就是村民的身體出現異狀，肯定是有什麼原因造成的。」

「也可能是地區性的特殊疾病吧？你調查過那方面的可能性嗎？」

「什麼？我從來沒聽過有人會因地區性疾病缺手缺腳，你提出的是新學說嗎？」

兩人互不相讓，你一言、我一語，激烈展開舌戰。

「呃，你們都冷靜一下……」

仁科想勸架，反遭飛山吼了句「你閉嘴」。兩位大叔年紀都不小了，卻像搶地盤的公貓，朝著對方咆哮。仁科在內心哀嘆「饒了我吧」，打算遠離暴風圈，便朝池塘後方的樹林走去。

爭吵聲漸漸遠離，不過問題仍未解決。一想到待會下山的路程、回東京的安排……還有住宿和機票的問題，心情就直往下沉。早知道不該預約民宿，再便宜有什麼用，晚上三人要一起睡大通鋪，萬一他們吵翻天怎麼辦？仁科的胃隱隱作痛。

唰唰唰。頭頂上有聲音響起。樹林間，一團黑色物體快速掠過。

「哇！」

仁科嚇得一屁股跌到地上。雜木林的樹枝受到擾動，搖晃不已。剛剛那是什麼？猴子嗎？這麼說來，上次造訪時，神主提過山裡經常有野獸出沒。猴子還無所謂，萬一遇上野豬或熊，就不是開玩笑的了。熊……四國有熊嗎？

同伴爭執不休雖然令人鬱悶，但跟熊比起來根本不算什麼，被迫旁觀兩人吵架又不會死。仁科霍然站起，想去催促兩人下山，但才一邁出腳步，就感到腳踝被抓住。「咦？」納悶的同時，整個人已臉朝前方撲倒在地。猛然回頭，卻沒看見任何人。

喀喀喀喀喀……令人毛骨悚然的鳥叫聲在四周迴盪，仁科想起詛咒一事，雖然不相信，此刻一股寒意卻直竄上背脊。但仔細一瞧，原來只是被懸空的樹根絆倒。

「搞什麼，嚇壞我了……」

一腳踹向樹根，沒想到卻踢到一旁的石頭，發出「鏘」一聲。這聲音怎麼有點奇怪？再踢一次，果然一樣。這不是石頭，是金屬。

仁科以金剛杖尖端刮開疑似金屬的物體周圍的泥土。雖然盤踞的樹根十分礙事，還是稍稍挖出一角。那是一個金屬容器，體積出乎意料地大，露在外面的部分微微彎曲。從形狀來看，可能是汽油桶之類的。但汽油桶是怎麼埋進這種地方的？車子沒辦法開過來，難不成是揹上來？

等等，不對，大概是從上面掉下來的。由於發生山崩，才掉到這裡，遭沙土掩埋，這樣想應該比較合理？只有這一個嗎？應該會有更多。

仁科如此猜想，環顧四周，果然找到了。右手邊有一棵斜長的樹，根部上方凸出一大塊，乍看之下還以爲是石頭，仔細一瞧，才發現是金屬，八成也是汽油桶。

仁科走回去找吵架的兩人，暗自擔心他們該不會已打起來。只見兩人隔著三公尺左右的距離，互相叫囂著「PINK PUNCH的露娜絕對比較喜歡我」、「才怪，是我。你只是冤大頭」之類等級低到讓人想翻白眼的幼稚發言。

「呃……我發現那裡有汽油桶。」

「那又怎樣！」

飛山像一隻正在威嚇敵人的狒狒，露出白森森的牙齒。

「雖然不曉得這塊土地是誰的，但居然會出現汽油桶，不是很奇怪嗎？」

一秒恢復理智的朝霞立刻詢問：「在哪裡？」

「跟我來。」

仁科走在前頭，朝霞緊跟在後，飛山則隔了一段距離尾隨。看到樹根纏繞的物體，朝霞表示「的確是汽油桶」。他拿出輻射線探測儀走近，卻沒有反應。趕上來的飛山疑惑地問：「這是什麼東西？」

「這種地方怎會有汽油桶？」

「當然是非法棄置。」朝霞沒好氣地回答。

「我忽然想到，吳哥窟不是有個遭樹根覆蓋的遺跡嗎？」

「怎麼可能是那種詩情畫意的東西？這可是垃圾，垃圾！」

仁科斬釘截鐵地說，飛山朝覆蓋汽油桶的那棵樹走去。

「下山的這條路，車子開不上來，那就是從我們剛才走的林道掉下來的？」

朝霞聳聳肩，應道：「大概吧。」

「修築林道是爲了管理國有林，應該會定期維修。就算林道的維修不確實，敢非法棄置這種大型垃圾，膽子眞大。」

聳立在汽油桶上的那棵樹，直徑差不多有三十公分粗，飛山咚咚敲了兩下褐色樹幹，忽然回頭呼喚朝霞。

「喂，不覺得這棵樹很粗嗎？」

「嗯，滿粗的。」

「這個汽油桶是多久以前丟棄的？上面的樹木都長得這麼高大了，顯然不止五年、十年。」

「四、五十年前的工業廢料嗎？如果只有汽油桶還好，萬一裡面有什麼化學藥劑就嚴重了。」

朝霞苦笑。飛山右手摀住嘴巴，凝神思索著。然後，他的目光轉向背後的水池。

「朝霞，弒子村的案子，第一個嬰兒是在哪一年遇害？」

「一九七五年。」

「換句話說，一切就從那個時候開始。搞不好桶子……裡面裝的是枯葉劑？」

我聽過枯葉劑。那是一九五〇到一九七〇年代南北越分裂時期，美國和蘇聯諸國參與的戰爭。支持南越的美國，在越南的叢林裡噴灑枯葉劑，讓樹葉紛紛枯萎，使士兵失去藏身之處，徹底暴露行蹤。後來，由於枯葉劑的影響，越南婦女生出許多肢體殘缺的孩子。

儘管聽過那一段歷史，但發生在太久以前，激不起一絲共鳴。仁科對結束於自己小時候，也就是一九八八年的兩伊戰爭，印象更爲深刻。

「我知道枯葉劑，但那不是發生在越南的事嗎？」

面對仁科的問題，兩人都沒應聲。

「我想起來了。我記得越南枯葉劑的原料，是在九州製作？」

朝霞喃喃低語。

「眞……眞的嗎？」

「政府否認，不過當時在國會中遭到嚴厲質詢。」

飛山不齒地說。

「就算枯葉劑的原料是在日本製作，但爲什麼會出現在這裡？」

這個啊……朝霞一腳踩在桶子上。

「越戰結束後，日本國內仍有大量庫存。我曾聽說，好像是埋進日本的山裡。」

「就丟到國有林裡……」

飛山聳聳肩。

「……丟？」

「就像小狗小貓的大便一樣，在山裡挖個洞埋起來。如果……是裝在這個桶子裡的東西被埋進國有林，又因山崩桶子掉下來而外洩，汙染這一帶，一切就說得通了。全部解決。」

朝霞朝桶子狠狠踢了一腳。

「不過，藥劑外洩引發問題後，有些地區會挖出來集中管理，這裡卻放著不管嗎？」

這麼說來，前陣子去世的老婆婆提過，祠堂毀損後，沒幾天巨杉就枯了。原來……那不是詛咒，而是藥劑外洩造成的傷害……嗎？

「祠堂所在的那座山崩塌後，村民的身體紛紛出現異狀，但他們可能認爲歸咎於『詛咒』就能解釋一切。」

聽到仁科說出的結論，飛山聳肩罵了句「太惡劣」。

「早死是『詛咒』害的，生下肢障嬰兒也是受到『詛咒』的緣故，甚至逼得雙親和接生婆聯手殺害畸形兒，造成三重傷害，這樣也沒能讓問題浮上檯面嗎？應該有人試圖公開，以更理智的方式調查眞正的原因才對。」

三人決定挖出一個桶子看看，然而手邊沒有任何可用的工具……拿神主好意出借的金剛杖來挖似乎不太妥當，只得撿附近掉落的樹枝刮掉泥土，效率低到慘不忍睹。

不到半小時，爬山累到精疲力盡的飛山拋下手中的樹枝，一屁股坐到地上。

大家決定休息片刻，紛紛走到樹蔭下。飛山伸直雙腿坐著，偶爾凝望灑落的陽光或反射光芒的池面，忽然脫口說出「山王英郎」這個名字。

「新的父親，是山王英郎吧？那傢伙應該與國有林的非法棄置有關。」

「他很可能是新的父親，不過還沒進行ＤＮＡ鑑定，不能百分之百確定。」

儘管仁科出聲提醒，飛山仍斷定「不，絕對就是他」。

「我認識還在擔任農林水產局官員的山王英郎，他就是個討人厭的傢伙。上司肇事引發的車禍，他找別人來頂罪，我著手追查相關內情，高層就施壓把我趕出報社。」

「對耶，有這件事，真懷念。」

朝霞伸手拭去額頭的汗水，附和飛山。

「枯葉劑的原料是藥廠生產的，那只是一家普通的企業吧？政府為什麼要攪和進去？」

飛山指著仁科說「你太天真了」，又附送一聲「嘖」。

「當然是為了找退路。藥廠沒辦法處理的庫存，就以提供官員卸任後去藥廠任職作為條件，請官員幫忙埋到國有林裡。山王英郎在故鄉的山裡埋下劇毒，不知道算是意料中，還是出乎意料，發生山崩，山林土地都遭到汙染。村人為什麼會早死？為什麼會生出那麼多肢體殘缺的嬰兒？那傢伙心裡想必非常清楚，是什麼導致這種結果吧。」

藥劑甚至危害到山王英郎自己的孩子。為了避開社會大眾的目光，他將兩個兒子關在與世隔絕的深山老家。

「可是……」

朝霞出聲插話。

「就算埋藥劑與山王英郎有關，但他上任後不是一直待在東京？他受影響的程度，應該不至於會生出兩個肢體殘缺的兒子。」

土居由信的話，頓時掠過仁科的腦海。

「啊，是他的妻子。山王太太是村裡的人。聽說她是當地獵戶的女兒。」

朝霞忽然拍了一下手，說道。

「對了，今井福子提過獵戶家常有人『早死』或出現『死胎』，兩者之間肯定有什麼關聯。應該是食物……獵戶的話，那就是肉？」

飛山直喊「就算坐著腰還是好痛」，緩緩站起。

「那池塘恐怕百分之百遭到汙染，動物喝下那些水，跟著被汙染，然後人類再吃進受汙染的動物。大概就是這種模式？」

這樣一來……朝霞探出身子。

「假設整座山都遭到汙染，下雨後，雨水又將這些汙染物沖到下游，田地不也很危險？不曉得蔬菜和米的情況如何？」

飛山回一句「天曉得」，狠狠踢了一腳地上的土。

「KANEMI倉庫的多氯聯苯中毒，水俁病的汞中毒，還有沖繩的枯葉劑事件，我全都曉得，但沒認眞研究過。我記得……那是西先生負責的？他去世了？是在前年嗎？」

朝霞糾正「是三年前啦」，雙手摀著下巴。

「比起鈾的半衰期，枯葉劑的劣化速度快多了。雖然會受到種類、分量、保管情況的影響……」

飛山一動，休息也就結束了。挖到桶子露出一半時，三人發現側面破了一個洞。朝霞取出一些桶子底下的土壤，裝進寶特瓶。他剛才說，應該能拜託朋友的朋友幫忙檢驗。要是真的驗出枯葉劑原料的成分……前因後果昭然若揭。

仁科心想差不多要下山了，準備揹起背包時，朝霞忽然喚道：

「欸，你那邊有空的寶特瓶嗎？」

「有，只是裡面還有水。」

上山途中喝光水後，仁科在小溪補充過一次。

「不好意思，可以給我嗎？我想裝池塘的水回去。」

「沒問題。」

仁科才打開背包，飛山就喊「我的給你」，向朝霞丟去一個寶特瓶，不料「砰」一聲打到朝霞的頭，高高彈起，掉進池塘。朝霞頓時像戴上能劇面具，變得毫無表情。

「抱歉、抱歉，我手沒力氣了，控制不準。」

飛山搔著後腦杓解釋……看起來不像是故意的。

「你那瓶是綠茶吧？我怕會混到其他成分，不需要。」

「我好心要給……」

「你去把自己的茶撿回來，不要留垃圾在山上。」

聽見朝霞冰冷無比的話語，飛山應了聲「是、是」，就往池塘走近。仁科倒掉寶特瓶裡的水，將空瓶遞給朝霞。此刻走到岸邊的飛山，背影猛然搖晃一下。

「哇！」

伴隨著急促的叫聲，飛山跌進池裡，身影一度完全沉到水面下。

兩人趕緊衝過去，說時遲那時快，飛山的頭探出水面。這種情況下，只要伸出手應該就能勾到陸地，然而他的雙手只是在空中胡亂揮舞，絲毫沒有要爬上來的跡象。

「你不要緊吧？」

「有東西纏住腳，我上不去……」

仁科盡力伸長手，還是碰不到飛山。朝霞拿金剛杖過來，勾到了！飛山抓牢金剛杖後，仁科使勁想將他拉上岸，不料竟重到完全拉不動。朝霞也來幫忙，一樣文風不動。可是，眼前只有拉飛山上岸這個辦法，兩人奮力嘗試一陣子後，他的身體終於移動。

接著，順勢慢慢拖他上岸。飛山的上半身離開水面後，仁科和朝霞再合力抓住他的雙臂，將他拉起來。

飛山渾身濕透，雙腳上疑似纏著一團麻繩。

「呼……我以為這次死定了。」

飛山大大吐出一口氣，又翻過身，讓自己臉朝上。接著，他動手鬆開纏在腳上的繩子，得意地笑著說「最好是拉起什麼寶藏」，快速解開繩子。

糾結成一團的繩子中間，露出白色物體。球？不，不對，那是……仁科倒抽一口氣，飛山也不禁沉默。

比足球小一些的球狀物，上面有兩個圓形凹洞。毫無疑問，是人類的頭骨。

仁科舉著手機，尋找若有似無的訊號。朝霞的手機倒是立刻連上網，於是請他幫忙報警。那個頭骨及疑似肋骨的物體，保持被繩子纏繞的狀態，留在岸邊。

以前的人都是土葬，也可能是山崩造成墓地塌陷，一起沖刷下來，沉進池底？仁科的這項看法，隨即遭到飛山否定：「這種粗繩牢牢綑綁著，不可能是自然現象吧？何況，還綁著大石頭一起丟到池塘裡。」朝霞苦笑著附和，「這種手法實在頗像黑道」。

不小心跌進池塘，上岸順便拖帶一副白骨。儘管經歷如此詭異的遭遇，飛山仍顯得神采奕奕，積極指示仁科拍下池塘周圍和骨頭的照片，喜孜孜地說「這可能會是重大的獨家報導」。然而，沒過多久，他便開始哀號「我全身刺痛」，接著又喊「我受不了啦」。他脫掉溼答答的上衣和褲子，發現全身泛紅。

「小飛，不太妙，這恐怕是池水造成的，裡面極可能含有藥劑的成分，趕快沖乾淨比較好。」

朝霞露出前所未見的驚惶神情。最後，三人決定讓朝霞陪同飛山先下山，仁科留守原地，等警方趕來。畢竟半路上飛山的情況可能會忽然惡化，不能放他獨自下山。仁科拜託經驗老道的朝霞陪同，以便應付各種突發狀況。

毫無人煙的深山裡，眞的只剩下自己和一副白骨，還可能是遭到殺害的人類遺骨，仁科惶惶不安。不過，土葬的骨骸偶然被丟到池塘裡的繩子纏住，這種機率並不是零。

警察還要多久才會出現？打電話報警後，已過一小時，鄉下警察大概鮮少處理這種案件，動作才會那麼慢。夕陽逐漸往西邊傾斜，四周即將變暗。

突如其來的手機鈴聲，嚇得仁科心臟差點蹦出來。是朝霞打來的。

「仁科，警察到了嗎？」

「還沒。飛山總編不要緊吧？」

「其實，下山途中我們看到一幢屋子。」

「屋子？」

「想去借個水，卻發現是空屋。不過，大概是接通溪水，屋外的水龍頭有水。小飛在那邊洗身體，說刺痛感減輕許多。原本打算等他恢復精神，一口氣下山，結果……仁科，你在這附近有朋友嗎？」

「沒有。啊，我去隔壁村子打探過消息。」

你聽我說……朝霞先拋出這句話，才進入正題。

「那幢空屋的院子裡，有火堆的痕跡，我心想眞是充滿鄉下生活的風情，不自覺多看了幾眼，竟發現沒燒完的筆記本，上面以平假名寫著『仁科春樹』。」

仁科頓時全身寒毛直豎。

「我、我不曉得是怎麼回事。」

「這是偶然嗎？」

「總之，我不清楚……」

零碎的記憶片段忽然浮現腦海。平假名。平假名。名片背後寫著「要再來喔」。比老婆婆年輕的「叔叔」，森林深處的獨棟房屋。

「仁科？」

「不好意思，我晚點再打給你……」

仁科掛上電話，走近那副白骨。繩子層層纏繞住的骨骸，並非人形，但能夠清楚辨認出小小的頭蓋骨和肋骨。然而，缺少雙腿的腿骨。飛山剛才曾脫口說：「骨頭好小，可能是孩童。」

呼嚕呼嚕呼嚕……遠處傳來鳥叫聲。

唰唰唰唰！有人踩過草叢。警察終於到了。仁科回過頭，卻發現來者是個穿深藍色運動外套的男人——白古神社的神主。

「咦，怎會這樣？」

神主的表情十分驚慌。

「你、你不是……在剛剛那幢屋子裡嗎？」

仁科用力吞下口水。

「我一直待在這裡。」

「咦，可是我在那幢屋子看到……」

他口中喃喃有詞。

「神主，您怎會過來？」

「啊，就是……我從警方那邊聽說有人發現白骨，可能發生命案。我告訴他們，這座山上以前有很多墳墓，也可能是先人的遺骨。」

太奇怪了。爲什麼神主會比警方更早抵達現場？

「哦，那警察呢？」

「啊，他們應該是從林道上來。警方問我要怎麼到現場，我回答只能走那條路。不過我有點掛心，想說走後山這條路試試，沒想到我居然先抵達。那麼，白骨在哪裡……？」

他報給警方和我們的是同一條遠路，然後搶先過來這裡，爲什麼……？

神主身上的深藍色外套，肩膀的位置有一條灰線，下襬則有時尚品牌的LOGO。

「山王眞。」

神主猛然回頭，注視著仁科。

「山王英郎的長男——山王眞，您認識他嗎？」

「你、你……」

「您在找的那副白骨，該不會……」

紛雜的腳步聲和交談聲逐漸接近，警察終於來了。神主的報應終於來了。

朝霞的妻子經營的咖啡館，位在新御徒町車站附近的商店街裡。據說是從父母那一代傳下來的，店內維持著當時的擺設，瀰漫著一股昭和年代的懷舊氛圍。

「聽說山王英郎的遺產多達四億圓，不過東誠一剛拿到手，就全拿去買骨董和賭博，而且他欠了一屁股債，所以一半以上都拿去還錢。東的老家就在廣島。」

朝霞坐在古舊的絨布面沙發上，淡淡敘述。

「老同事告訴我滿多細節的，令人深刻體會到，金錢眞的會使人發狂……照顧兩個兒子的土居老婆婆過世後，山王英郎選擇長年資助的白古神社神主東誠一爲下一任照顧者，約定每個月付五十萬圓當保母費。可能是土居老婆婆忽然過世，山王認爲應該先安排好一切，以防又發生什麼意外狀況。因此，他與東協議，萬一他不幸身亡，東必須照顧兩個孩子直到他們離世。只要東同意這項條件，他便將所有財產交給東保管。沒想到，山王不久就遇上車禍。於是，他的所有財產都透過捐贈給神社的形式，落入東的手中。兩個孩子遠比東年輕，日後勢必得再找下一任照顧者，挑選的工作也一併交給東，只是錢全部進到口袋後，東不禁覺得兄弟倆是拖油瓶。」

朝霞啜飲一口自家煮的咖啡，瞇起眼睛。

「東從山王口中得知，哥哥眞有戶籍，弟弟新卻沒有。於是，東透過以前在廣島交到的壞朋友手中取得迷藥，讓兩兄弟陷入沉睡。爲了避免眞的遺體被人發現，在他身上綁石頭沉進池底。弟弟新不用擔心會被查出身分，便直接從高大的橋上丟下河裡。雖然打算殺人，東卻抗拒親手勒斃或刺死對方，從壞朋友那裡得到不少建議。」

神主東誠一過於自我中心的理由令人作嘔。無論是用何種方式，他下手殺害兩人的事實都不會改變。

「東現在學聰明了，對自己不利的事，全部絕口不提。剛被逮捕時，他應該是處在驚惶失措的狀態，連警方沒問的事也講個不停。東沒在用社群軟體，才不曉得新其實還活著。他以爲沒找到屍體，是沖入海裡了。」

朝霞忽然抬頭，望向仁科。

「新現在的情況如何？」

「總算慢慢平靜下來。」

起初，神主東誠一是在保有人身自由的情況下，遭警方要求前往警署。後來本人在偵訊過程中坦承行凶，當場被逮捕。仁科、朝霞和飛山也在警署內接受偵訊。尤其是仁科，離開警署時，已是隔天早上。

仁科回到東京，拿出東誠一的照片給新看，新就開心地直喊「是叔叔」。

「哥哥應該和叔叔在一起吧？哥哥在哪裡？」

新露出燦爛的笑容問。仁科胸口一緊，但再怎麼修飾言詞，必須傳達的事實都不會改變。

「眞過世了。」

新張大嘴巴，愣在當場。

「哥哥，死了嗎？」

「對。」

新的目光無措地游移。

「爲什麼？」

「他被叔叔殺害。」

「叔叔爲什麼要殺哥哥？」

「因爲你爸爸的遺產進到他的帳戶了……這樣說可能太難懂，因爲他想要錢。」

「錢……」

新依然站著，彷彿在發洩內心的躁動般不停跺腳。

「錢，可以用來做什麼？」

「用來過活……」

我講到一半就打住，東並不窮困……他只是輸給自身的欲望。

「有些人會想要很多很多錢，就像你身上的衣服，也是我付錢買的。爲了獲得想要的東西，得用錢來換。」

新說「我不懂」。

「我不懂，我不懂你在說什麼，我不懂！我不懂外面的人類在想什麼！哥哥爲什麼死了？爲什麼要殺死他？」

新瞪大雙眼，連珠炮般質問。仁科沒辦法回答，於是他喃喃自語：「哥哥做了壞事嗎？」

「哥哥做了什麼壞事？奶奶常殺老鼠，牠們會偷吃米，還會啃櫃子，做好多壞事，所以才殺牠們。哥哥也做壞事了嗎？」

「眞沒有做壞事，他一點錯都沒有。」

「那爲什麼！爲什麼要殺他！死了就不會動，還會腐爛，再也不能陪我玩了！」

新聲嘶竭力地大吼，接著像是被自己的吼叫聲擊垮，倒在地上。雖然隨即甦醒，卻不再說話，沉默地鑽進棉被裡。接下來整整三天，除了上廁所，他都沒有離開被窩。

從池塘裡撈上來的遺骸，從骨頭形狀等身體特徵，確定是出生幾週後就失蹤的山王眞本人。山王眞和新的DNA鑑定結果，也確定兩人是親兄弟。

沒有戶籍的新，獲得「山王」的姓氏。朝霞帶回的桶子下方的泥土和池水中，檢測出枯葉劑的成分。朝霞得知這項消息後，向縣政府的相關單位通報，卻遲遲沒有下文。畢竟是將近四十年前的事，何況應該爭取小谷西村權益的村民，已一個都不剩。現實就是如此諷刺。

源自弒子村的謎團都解開了，這件案子終於落幕。新的人生，即將從此刻重新開始。

然而，新的情況特殊。他天生缺少上肢，也沒接受過義務教育，勉強算是會讀書寫字，不過所謂「外面的人類」應該具備的常識，他半點都沒有。雖然新自認什麼都做得到，其實他能做的相當有限。找工作恐怕難如登天，這是可以想見的未來。要與別人建立關係也十分困難，想必有許多人無法接受他。

仁科考慮過跟新一起生活下去。兩人在同一屋簷下生活好幾個月，已建立起一套生活模式。如果只需負擔伙食費，偶爾買幾件新在雜誌上看中的衣服，花不了多少錢。

仁科並非下定決心照顧新一輩子，反正身處在這個世界中，無論是否情願，新終究會慢慢適應社會。未來的事，應該留給新自己決定。

「新說想跟叔叔談談。」

朝霞壓低嗓音確認：「沒問題嗎？」

「聽到哥哥去世時，新不是過度震驚昏倒了嗎？不曉得新想知道什麼，但跟那個男人交談，沒有任何好處。」

這些話仁科也對新說過了。

「不過，新很堅持。或許比起談話內容，他是想和叔叔碰面，做一個了斷。」

道別之際，朝霞提及「我最近在寫弒子村的專題報導，下個月就會開始連載」。

☆

眼睛一睜開，內心就充滿輕鬆愉快的感受。我穿上最喜歡的黑色洋裝，由於材質輕薄，轉圈圈時裙襬會高高揚起，發出「唰唰」的布料摩擦聲。

套上鮮紅色高跟鞋，走路會響起「叩叩叩」的聲音，很好玩，太好玩了。走路時，我一直想讓鞋跟發出聲響。

天氣明明很好，天空的藍色卻很淡。我搭上最討厭的電車出門，盡量轉頭不去看那些如蜜蜂般扭動的「外面的人類」，不然會想吐。走到一棟巨大建築物前面，仁科告訴我「如果做了壞事，就會被關進這裡」。

「那麼，老鼠也在裡面嘍？」

仁科露出奇怪的表情，笑著說「只有人類啦」。仁科去辦「手續」，我坐在黑色長椅上等待。穿深藍色衣服的人經過時，都會一直盯著我看，於是我問「你在看我嗎」，對方立刻轉頭加速逃走。

我們穿過幾扇門，走進一個房間。房間四四方方，應該有六張榻榻米大，正中央有片和腰部一樣高的隔板，再上面是玻璃。

「這是什麼？」

我靠近玻璃，伸手摸了摸，並不怎麼冰。

「爲了讓我們看到對面嗎？」

「這是爲了防止那些做了壞事的人在講話時，突然情緒失控或逃走。」

「但玻璃不是會破？」

「這種是不會破的玻璃。」

我用頭撞了一下，眞的沒破掉。仁科慌忙走過來，生氣地制止「不能做這種事」。

玻璃對面的門開了。一個駝背的人走進來，是叔叔。

「叔叔。」

叔叔抬起頭，又立刻低了下去。我把臉貼在玻璃上，再喊一聲「叔叔」。

「你爲什麼殺害哥哥呢？」

叔叔的肩膀忽然開始抖動。那張好久不見的臉有如枯萎的花朵，五官擠在一起。

「你爲什麼殺害哥哥呢？」

叔叔只有在吃飯時才會來到家裡，也不會像奶奶那樣跟我講很多話，不過只要主動發問，他什麼都會回答。

「仁科說，你是想要錢，才殺害哥哥。叔叔，你是想要錢才殺掉哥哥嗎？」

「我……我眞的……非常抱歉……」

叔叔縮成一團，變得更加矮小。

「那個，我和哥哥是神明。」

叔叔終於抬起頭。

「跟外面的人類不一樣，我們是特別的。我想就算死了，應該也能復活。叔叔，你想辦法讓哥哥復活。」

叔叔只是搖頭說著「對不起」。

「叔叔，你殺害哥哥這個神明。既然你殺得死他，應該也能讓他復活。」

在腦海中，讓哥哥復活。將哥哥揹在背上，跑過院子，感受強風呼呼吹過臉頰，哥哥「哈哈、哈哈哈」地豪爽大笑。

「我們就是風。新，你再跑快點。」

實在太好玩了，我跑到倒地站不起來爲止。即使氣喘吁吁，喉嚨渴得要命，笑意仍在腹部深處接連爆發，一直笑個不停。

「你快點讓哥哥復活。」

叔叔那雙玻璃彈珠般的眼睛，緊盯著我。

「無知眞的很可怕。我講眞的。」

叔叔說很可怕，他在害怕。

「我會變成這樣，全是你們兄弟害的。」

我和哥哥不曾對叔叔做過任何壞事。沒講過他的壞話，也沒打過他。

「不要說了！」

仁科忽然大喊，叔叔立刻閉上嘴巴。

「新，我們回去吧。」

「爲什麼？」

「你已跟叔叔說出自己想說的話，這樣不就好了嗎？」

仁科的語氣堅決。我覺得最好乖乖聽話，便點頭「嗯」了一聲。我感覺到仁科的手放在後背上。

「叔叔，我等你。我會一直等你。」

我最後再強調一次，不過叔叔沒回話。

這家店附近明明沒有電車，招牌上卻寫著「休息站」。一個女人走進餐廳，她的年紀看起來和奶奶差不多，不過她的臉和身體更有肉。

「你就是英郎的兒子嗎？」

她的聲音又尖又細，震得我耳朵嗡嗡響。我心想，必須對初次見面的人說「妳好」，卻怎麼都說不出口。在我開口前，她先說話了。

「我叫武田春世，是你爺爺的表姊的女兒，我們是遠房親戚。瞧瞧你這個孩子，頭髮長得像女生，難不成真的是女生？比起你爸媽，你長得更像靜惠伯母，簡直是一個模子印出來的。果然是山王家的人。」

春世原本笑咪咪地在講話，忽然五官全擠在一起，皺紋都跑出來了。她不停流淚。

「妳爲什麼哭？」

「我一想到你媽媽，眼淚就掉下來。」

春世坐到我旁邊，從上到下仔細打量我身上的碎花洋裝，側頭問：

「你故意讓他穿這種衣服嗎？」

仁科慌張地回答：「新喜歡女裝，我並未強迫他。」

「算了，都行。現在電視上也常看到這樣的人。」

春世伸手觸摸我的後背，從上到下輕輕撫過，又忽然緊緊抱住我。我揹哥哥時，總覺得他硬梆梆的，春世則像一件厚重的棉被。

「妳在做什麼？」

「如果你媽媽還活著，一定很想這樣抱抱你。我代替她抱一下。」

春世顏色柔和的粉紅襯衫壓在我的臉上，飄出跟奶奶同一個牌子的防蟲劑味道。

「你媽媽眞的非常期待你出生，就算知道你可能沒有手，也只說『畢竟我是小谷西村的人，沒辦法』。」

沒有手或腳，因爲我們是神明。神明很偉大，光是存在就很偉大，爲什麼她要說「沒辦法」這種彷彿放棄什麼的話？我不懂。

「你媽媽眞的非常愛你爸爸，從他還是親姊姊的老公時，就一直喜歡著他。看到即使姊姊情況不好，你爸爸依然溫柔地照顧她，你媽媽就說眞希望有那種老公。後來，眞的跟你爸爸結婚，你媽媽開心得都要飛上天了，跟我信誓旦旦地說，一定要生下你爸爸的孩子。你出生後，你媽媽肯定萬分寶貝。」

春世摸著我的頭髮。

「居然長這麼大了，英郎爲什麼要把你藏起來呢？」

我和哥哥待在那個家很快樂。雖然有時候我和哥哥會吵架，但太陽高高掛在天上時，我們會找很多事情做，盡情玩耍，開懷大笑。明明很快樂，她卻把我們待在那個家講得像件壞事，我覺得胸口悶悶的。

「我沒有媽媽，也沒有爸爸。我是神明。」

「你眞是個奇怪的孩子。」

咚！春世笑著敲我的頭。

「你要認爲自己是神明，是你的自由，但你眞的有媽媽也有爸爸。」

對了……春世將包包拿到膝上。

「你應該沒看過爸媽年輕時的照片吧？要看一下他們的婚紗照嗎？」

春世從袋子裡取出照片，仁科也從桌子另一側探出身子。照片上大概有二十人，正中央的男人長得和我很像。春世指著坐在他身旁的圓臉女人說「這就是你媽媽」。

那個女人的臉，和哥哥很像。她安穩地坐著。

「我想要這張。」

春世原本要直接給我，但仁科說「可以用手機拍」，幫我拍下那張有好多人的照片。

「我一直以爲白古神社的神主是好人，眞是知人知面不知心。我很久以前就聽說他買了一輛昂貴的車子，英郎的遺產都被他花光光了吧？你以後要怎麼過日子？」

春世挨近我問。仁科和律師也如山谷的回聲，提過好多次「遺產」這個詞。

「我想回去跟奶奶一起住過的房子。」

「山王老家嗎？那個家被拆掉了。」

仁科開始吐出「夜間部」還有「大學入學學力檢定」之類的話，春世嘆息著說「都好，讓他做想做的事」。

「你只剩我一個親人。我家在務農，賺不了多少錢，但有米和蔬菜，你要是肚子餓，可以來我家。」

春世不停笑咪咪地摸我的頭。回東京的路上，她的手撫摸過的觸感仍殘留著。

回到公寓，仁科將那張照片印出來，我一直盯著看。無論睜眼或閉眼，上面都有哥哥和我。

「新……」

我躺著看相片時，仁科走過來。

「我想跟你認真討論一下。」

我察覺到應該認真聽他講話，便爬起來坐著。

「新，你還年輕，往後生活需要學習知識，不，應該說接受教育。我建議你去讀國中和高中，不管是函授或夜間部都好。不過，最後仍要由你自己決定。如果你想去鄉下生活，也沒關係。不管你想怎麼做，我都會在能力範圍內盡量幫忙。」

「我想回家。」

仁科緊抿雙唇。

「我想和以前一樣，整天玩耍。但哥哥不在，就不好玩了。仁科，你要不要跟我一起回家？」

仁科露出奇異的表情，笑了。

「我的工作是拍照，在鄉下賺不到錢，會餓死的。」

我朝仁科爬過去，貼在他身上，好溫暖。寒冷的季節已到來。

「我討厭這裡，但回家後你不在旁邊，我也討厭。」

我抬頭看著仁科，他的脖子變得紅通通。

「你的脖子好紅，怎麼了？你發燒了嗎？」

仁科的眼珠左右游移。

「等一下……」

仁科突然起身，走出房間。我們才講到一半，他忽然不想聊了嗎？既然不討論了，我轉身躺在地板上。「年輕」、「往後」、「生活」……他認眞講了好多話，但我只要跟之前一樣就好。啊啊，但我想要衣服和鞋子。那種輕飄飄、閃閃發亮又鬆鬆軟軟的衣服，還有叩叩叩地走路。

一閉上眼，那個家就浮現在眼前。我穿著輕飄飄的衣服，把鞋子踩得叩叩作響，在院子裡跳舞。簷廊上坐著哥哥、仁科和奶奶，哥哥叫我揹他，所以我揹著他跳舞。哥哥像羽毛一樣輕。

「新，你的衣服像蝴蝶一樣飄來飄去。」

哥哥講的話，我全聽得懂。一睜開眼睛，哥哥就死了。如果叔叔不幫他復活，該怎麼辦？我傷心得流下眼淚，不過悲傷到一半，又想到如果仁科不在，也好寂寞。

5

東遭到逮捕的兩個月後，朝霞的連載以〈四十年後的弒子村〉爲題，在《SCOOP》上揭開序幕。

不久前，仁科和朝霞一起去見過前任神主東誠一。朝霞是去採訪，仁科則是搭便車。有一件事他很掛心，無論如何都想問清楚。

朝霞在問話時，反倒是以弒子村過往相關人士的流言爲主，沒太著墨於這次的命案。大概是談話主題不涉及自身犯下的罪，面對朝霞的提問，東應答的態度十分輕鬆，看起來就像鄉下隨處可見的中年男人，沒有半點殺人凶手的氣息。

朝霞的提問告一段落，仁科才開口。

「你和山王英郎，有熟到他放心將兩個兒子交給你的程度嗎？」

「嗯，算是熟……」

雖然最後東謀殺兩兄弟，但事實如此。

「山王英郎爲什麼要把孩子藏在與世隔絕的地方？你知道理由嗎？」

新唯一在世的親戚——武田春世的話，在仁科的腦海縈繞不去。聽起來，山王英郎打心底深愛兩任妻子，是重情重義的人。然而，飛山口中的他卻是「掩蓋上司的過錯，施壓趕走打算揭露事實的記者」，不擇手段的官僚……仁科實在看不透他的爲人，雖然確實有不少人在職場和家裡展現不同的面貌。

「我沒直接問過理由，但他曾說不想看見孩子。」

東隨口說出的話，令仁科的一顆心直往下沉。

「他不想看見孩子飽受世人好奇的目光，辛苦承擔一切。既然如此，乾脆不要讓他們知道這個社會上的事，保持純眞無邪的狀態，相依爲命，玩耍一輩子。畢竟山王心知肚明，孩子會生成那樣，都是他的錯。」

東瞄了仁科一眼。

「『弒子村』這個名稱的由來，你們都知道了吧？那些肢體殘缺的嬰兒，都是埋在山上的藥劑害的。山王明知有毒，還在故鄉埋那種藥劑，是因爲上頭的人下令，他無法拒絕。加上埋了好多年都沒出事，他慢慢覺得應該不會有問題，沒想到運氣不好，山崩導致那些藥劑流出來。他向上級報告，對方卻表示只要沒出現質疑聲浪，就當沒這回事不要多管。日子一天天過去，村民開始染上怪病，也開始有肢體殘缺的嬰兒出生。上任神主曾說，當時一天到晚有人來祈求『希望身體康復』、『希望生出健康的子女』。然而，許多人相繼死去，嬰孩一個個遭到殺害，人口減少，家家戶戶搬離村子。只要沒人留下，那些有毒藥劑就不會再造成影響。我猜山王或許是這樣想的。」

東吃吃笑了起來。

「他千算萬算，卻沒算到會殃及自己的孩子。山崩發生幾十年前，他老婆的身體健全，孩子怎會變成那副模樣？山王調查過才發現，埋在地底的有毒藥劑會大量儲存在脂肪裡。那一帶山上有許多野豬，野豬的脂肪肥厚，獵捕野豬當食物的獵戶家，吃進最多有毒物質。山王的老婆雖然一切正常，但從嬰兒時期就吸含有毒素的母乳長大，又常吃脂肪中累積毒素的野豬肉，於是身體裡儲藏數不盡的毒素，最後才會生出那種孩子。」

東瞇起眼睛。

「雖然村裡的人都說，生病和產下畸形兒是受到詛咒的緣故，其實才不是，全是人爲的。其中有些人，曾懷疑是不是有其他原因造成疾病及畸形。現在的情況我不曉得，但當時一提到先天性肢體殘缺，最出名的就是越南的枯葉劑。然而，沒有任何人挺身而出。是啦，即使心存懷疑，可能也不曉得能做什麼，或者認爲無法改變現狀，最後就放棄了。大家始終沒弄清楚成因，只是一心想除掉肢障的孩子。歸咎於詛咒，對他們來說可能比較容易理解。不過，山王的孩子會變成那樣，與其說是因果報應，我認爲只有他們家是眞的受到詛咒。」

東愉悅地笑著談論他人的不幸。在東的眞心話裡，洩漏出人性的黑暗。他先是否定，隨即又肯定詛咒的存在。不過，在仁科的眼中，見錢眼開、拿那種不成理由的理由殺害別人，正在等待判決結果，身在壓克力板對面的東本人，才背負著最大的詛咒。

會面結束，回程路上，朝霞告訴仁科「我之前來採訪時，東曾說幸好新活著」。

「當時我心想，這男人還不算喪盡天良，不過他接著說『只殺死一人，應該比殺死兩人的罪刑輕吧』。看來，他的本性就是如此。」

仁科對東跟本不抱持任何期待，一切只不過是山王英郎沒有識人的眼光罷了。

朝霞開始連載〈四十年後的弒子村〉的那一期雜誌，飛山表示想起用新當模特兒。新的反應是「可以穿漂亮的衣服，我願意」。仁科很猶豫，不確定讓新判斷是否在世人眼前展現自己，是正確的嗎？聽到飛山說「模特兒的酬勞很高喔」，新就喊著「用那些錢買衣服」，不停向仁科懇求。最後決定讓新當模特兒，不過仁科有附加條件，只能用新的背影或側臉照。飛山原本計畫委託一名擅長拍人物的攝影師，但仁科主動表示想負責拍攝。

新上身赤裸的側臉照一登上《SCOOP》，就有網友發現是先前話題影片中的主角，在網路上引發熱議，雜誌銷量直線上升。而朝霞那篇〈弒子村〉的報導也如飛山所料，備受矚目。

在這種情勢中，飛山告訴仁科「喂，有人在問新願不願意正式成爲模特兒」。

那是美國服飾品牌寄來的電子郵件，不是走一、兩場秀而已，上面寫著希望邀請新當專屬模特兒，簽三年約。從工作內容來看，並非繼續待在日本能做到的規模。

仁科對服飾並不熟悉，從沒聽過這個品牌，但轟說是她女兒喜歡的牌子。仁科上網搜尋了一下該品牌的新系列作爲參考，那些服裝的設計大量運用橡膠素材，呈現出強烈又奇特的風格。儘管服裝秀的衣服多半不實用，但這已超過仁科理解的範圍。

「新當模特兒挺不錯，不是嗎？他身材那麼好，又熱愛衣服。」

飛山興致勃勃，仁科卻掩不住擔憂。

「對方開的條件確實相當優渥，但該不會是想藉著採用身體情況特殊的模特兒炒作話題？」

「如果眞的只是基於這個理由才想起用新，風險的確很高。不過，這品牌有許多超越常識的衣服，設計師想必也是怪咖，說不定純粹是欣賞新而已，跟對方談談也無妨吧？」

飛山的意見不無道理，仁科決定和品牌的行銷負責人先聊一下。第一次碰面仁科打算以監護人的身分獨自前往，對方卻希望新能出席，只好勉爲其難地帶新一起去。

對方指定的碰面地點位在新宿，是該品牌東京分店所在的大樓。新穿上剛買的洋裝，下半身還套了件內搭褲。他在雜誌上看到這身穿搭，一直纏著仁科說「我想穿這樣」。新的喜好鮮明，偏愛氣質沉靜、下襬會飄揚晃動的衣服，或者是觸感柔軟的寬鬆服裝。

兩人踏入大樓，在櫃檯報上姓名後，便在大廳等待。不久，一個穿卡其色短裙的女人徑直走來。

「是仁科先生和山王新先生吧？你們好，我是桶川。」

對方約莫三十歲左右，化著濃妝，不過確實是美女。新像一隻害羞的小貓，戰戰兢兢地應一句「妳好」。

「新，你的洋裝真漂亮。照片看不出來，你比我想像中高，嚇我一跳。」

大概是衣服受到稱讚，新很高興，露齒一笑，回答「謝謝」。桶川表示「請往這邊」，便在前頭領路。兩人被帶上十七樓，走廊由玻璃打造而成，地板是宛如天空般的水藍色，有種飄浮在空中的錯覺。她帶著兩人走進一個約六坪大的房間。只見中央擺著一張白色沙發，形狀頗奇特，由幾個氣球般的球體組合而成。

「這個長得好像雲，真有趣。」

新十分興奮，但仁科總覺得很難坐，不斷調整姿勢。五分鐘後，桶川返回，身後跟著一個身材嬌小的外國女人，年紀大概落在三十五到四十歲之間，一頭金色短髮，戴著紅色眼鏡，有對碧藍色眼眸，穿著黑色洋裝。

「Hello！」

金髮女人主動打招呼，目光一落在新身上，那對藍色眼眸驀地睜大。接著，她張開雙臂稱讚「You are beautiful」。

對於成爲品牌的專屬模特兒，新當場答應「好啊」，不過身爲監護人，仁科持保留態度表示「希望讓我們再考慮一下」。

新的興致高昂，回到公寓以後，一直捧著桶川給他的服裝目錄翻個不停。

「如果你想做，從事模特兒這項工作也行。只是，這次的工作必須搬到美國。」

「必須去別的地方嗎？」

這不僅僅是在日本國內移動而已。仁科在平板電腦上展示世界地圖，分別指出日本與美國的位置。

「世界上有將近兩百個國家，每個國家的語言都不同。美國人講英語，用日語沒辦法溝通。今天的設計師，就是製作衣服的那個人，她講的話都是我幫你翻譯的，記得嗎？」

「我就在想，她怎麼眼睛是藍色的，講的話也好奇怪。」

別說英語了，新連日語字彙都懂得不多

「金錢的單位也不同，日本是日圓，美國則是美元。」

「哦……」

從新的回應可看出，他連這會造成什麼問題都不明白。仁科不曾讓新擁有自己的錢包，因爲他至今不曾單獨出門。仁科經常想著，得讓新學著習慣用錢，卻總是一拖再拖。

「我不能去美國嗎？我想穿很多漂亮的衣服。」

「你現在有戶籍了，只要辦護照，就可以去。」

美國設計師凱蒂熱情地表示，那段影片中新的姿態讓她深受衝擊，同時也激發她的創作靈感。往後她計畫製作的主題，定爲「宇宙的三部曲」系列，希望新能成爲系列作的象徵。

對方提出的專屬契約，金額高到足以媲美棒球選手。只要有錢，在紐約租房子就不成問題，可是如果沒人在身邊照料，新連熱狗都不會買。如果雇用能夠理解新的身世，盡心照顧他的生活起居，還會講英語的人，倒不是不可能……

新置身的環境劇烈而快速地變化著，應該由他繼承的龐大遺產被外人搶走，以為能要回來，對方卻已花光。顧及到將來，考慮去學校接受教育時，華麗炫目的業界人士又捧著一大筆簽約金提出邀請。從財務和生活的層面來考量，接下模特兒的工作無疑是最佳選擇。可是，這男人實在太不知世事，極有可能受騙。

「仁科，你不喜歡嗎？」

新單刀直入地問。一直極力忽視的情感，讓我的後背一陣顫慄。

「你不喜歡我去美國吧？」

「不是的，我只是擔心你一個人要怎麼生活……」

新的雙眼彷彿看穿一切，我不禁心生害怕。

「仁科，你跟我一起去美國，在美國做攝影工作就好啦。」

新闔上先前用雙腳翻閱的那本目錄，跪著朝仁科爬過來。仁科反射性地後退，新發現這一點，猛衝上前，撞得仁科整個人往後倒。

腦袋撞到相機包一角，我喊了聲「痛」。新哈哈笑了起來。

「你眞有趣。」

方才新的笑聲，在我的胸口迴盪。

「仁科，你喜歡我吧？」

那張過分美麗的臉龐近在眼前，我忍不住嚥下口水。

「你喜歡我很正常。我是神明，又漂亮。」

新的神情充滿自信。

「仁科，我也喜歡你，但一開始覺得很噁心。」

新的嘴巴不停動著。

「外面的人類，都很噁心。現在慢慢習慣了，但還是噁心。全都有雙手雙腳，每個人都長得一樣，眞噁心。我想過爲什麼會這樣，不過他們畢竟不是神明，長這樣也是沒辦法的。」

新擁有強烈的自我認同感，以及對於「外面的人類」的偏見。沒有雙臂，什麼都不懂，名叫「山王新」的生物的面貌，終於清晰地展現出來。

說不定，這就是他父親山王英郎的期望吧？不曾與他人比較，不瞭解社會常識，在這樣的環境中長大的人類，才能具備的獨特美學意識。在新的世界裡，不存在對自己的否定。在那個家裡，沒有任何會否定新的要素。因此在他心中，自己是一個「完美的存在」。

經年累月在新內心養成的美學意識，如今已不會再受他人的言論影響，產生一絲動搖。反過來說，或許新永遠無法眞正理解「外面的人類」的感受。

「我習慣你了。」

新傾斜身子，鼻尖壓上我的後頸，長長的黑髮披散在我的臉龐上。

……新在凱蒂面前脫了衣服。設計師說想看新的上半身，他便毫不猶豫地脫下。凱蒂看過他的身體，拍手大喊「Perfect」。

凱蒂憑自身的品味，在新的身體上看見「美」，而我也受到這副身軀強烈地吸引。不過，受到形貌特殊的人事物吸引，新並不是特例，肯定有什麼理由潛藏在自己內心深處吧？我害怕去挖掘答案。

雙手微微發抖。我顫抖著……輕輕觸碰那圓潤的肩線，新的後背震動了一下。

「一起去美國嘛。仁科，你來代替哥哥，每天陪我玩。」

（全文完）

參考資料

《眞相・日本的枯葉劑：日美同盟隱藏的化學武器眞面目》　原田和明著／五月書房

《追蹤・沖繩的枯葉劑》（*Chasing Agent Orange on Okinawa*）　Jon Mitchell著／阿部小涼譯／高文研

《越戰中的橙劑：歷史與影響》（*AGENT ORANGE IN THE VIET NAM WAR History and Consequences*）　LE GAO DAI著／尾崎望譯／文理閣

《花都消失到哪裡去了？曾沐浴在枯葉劑中的Greg的生與死》　坂田雅子著／Transview

《美國的化學戰爭犯罪：越戰枯葉劑受害者的證言》　北村元著／梨之木舍

部落格「南國Journal」／成川順

二〇一六年五月四日〈四國也受到枯葉劑影響（下）〉

http://blog.livedoor.jp/narijunl-ryou/archives/2016-05.html

本作爲虛構，與實際存在的人物或團體無關。

E FICTION 45／弒子村

原著書名／コゴロシムラ
作　　者／木原音瀨
翻　　譯／徐欣怡
責任編輯／陳盈竹
編輯總監／劉麗真
總 經 理／陳逸瑛
榮譽社長／詹宏志
發 行 人／涂玉雲
出 版 社／獨步文化
城邦文化事業股份有限公司
104台北市中山區民生東路二段141號5樓
電話：(02) 2500-7696　傳眞：(02) 2500-1967
發　　行／英屬蓋曼群島商家庭傳媒股份有限公司
城邦分公司
104台北市中山區民生東路二段141號2樓
網址／www.cite.com.tw
讀者服務專線／(02) 2500-7718：2500-7719
服務時間／週一至週五：09:30～12:00 13:30～17:00
24小時傳眞服務／(02) 2500-1900：2500-1991
讀者服務信箱 E-mail／service@readingclub.com.tw
劃撥帳號／19863813
戶名／書虫股份有限公司
香港發行所／城邦（香港）出版集團有限公司
香港灣仔駱克道193號號1樓東超商業中心
電話／(852) 2508-6231　傳眞／(852) 2578-9337
E-mail／hkcite@biznetvigator.com
馬新發行所／城邦（馬新）出版集團
Cite (M) Sdn Bhd
41, Jalan Radin Anum, Bandar Baru Sri Petaling,
57000 Kuala Lumpur, Malaysia.
Tel: (603) 90578822
Fax:(603) 90576622
email:cite@cite.com.my
封面繪圖／中村明日美子
封面設計／高偉哲
排　　版／游淑萍
印　　刷／中原造像股份有限公司
● 2021年（民110）5月初版
售價299元
KOGOROSHIMURA

ISBN 978-986-5580-21-6

國家圖書館出版品預行編目資料

弒子村／木原音瀨著；徐欣怡譯. –初版. –台北市：獨步文化，城邦文化出版：家庭傳媒城邦分公司發行，民110.05
面；公分. --（E FICTION；45）

ISBN 978-986-5580-21-6（平裝）

861.57　　110004687